KB079123

2레벨로 회귀한 무신

PAPYRUS FANTASY STORY

염비 판타지 장편소설

2레벨로 회귀한 무신 18

초판 1쇄 발행 2022년 12월 26일

지은이 ㅣ 엄비
발행인 ㅣ 신현호
편집장 ㅣ 이호준
편집 ㅣ 송영규 최종건 정재웅 양동훈 곽원호 조정범 강준석 최성화
편집디자인 ㅣ 한방울
영업 ㅣ 김민원

펴낸곳 ㅣ ㈜ 디앤씨미디어
등록 ㅣ 2002년 4월 25일 제20-260호
주소 ㅣ 서울시 구로구 디지털로 26길 111 JnK디지털타워 503호
전화 ㅣ 02-333-2513(대표)
팩시밀리 ㅣ 02-333-2514
E-mail ㅣ papy_dnc@dncmedia.co.kr
블로그 ㅣ blog.naver.com/gnpdl7

ISBN 979-11-364-4099-0 04810
ISBN 979-11-364-2555-3 (SET)

18

2레벨로 회귀한 무신

PAPYRUS FANTASY STORY

염비 판타지 장편소설

PAPYRUS
파피루스

1장

1장

"나 같은 사람……."

"그래."

아소카의 눈이, 기이한 열기를 띠었다.

"자네는 놀라울 정도로 수명에 관심이 없어. 내가 공허를 사용하면 인류종의 수명으로 끝이 날 거라 경고했음에도, 태극마검의 완성을 우선시했지."

"백 살이든, 천 살이든…… 그게 그렇게 중요한가? 어차피 무신이랑 그전에 싸우게 될 텐데, 그때까지 어떻게든 힘을 키우는 게 낫다."

성지한은 무슨 유난이냐는 듯, 아소카를 바라보았다.

무신이라는 적이 있는데, 그를 이기기 전까지는 백 년이든 천 년이든 뒤가 어디 있나.

오히려 이렇게 어떻게든 힘을 추구해 나가는 것이, 살

아남는 데는 더 유리하지.

"하지만, 자네는 미혹도 없지 않았나."

"그건……."

"생명체라면, 계속 살기를 원하는 건 당연한 본능. 하나, 자네는 주저 없이 공허를 끌어올리더군. 정말…… 한 치의 틈도 없이 말이야."

성지한은 그 말에 조금 전을 떠올렸다.

아소카가 수명을 거론했을 때.

정말 이게 하나도 신경 쓰이질 않았지.

이건, 꼭 오늘만 그런 게 아니었다.

예전에 공허를 받아들였을 때에도 그랬고.

그 후에도 계속해서, 수명과 비슷한 이야기만 나오면 언제나 생각이 똑같았지.

'지금 당장 힘을 모으는 게 중요하지, 미래의 내가 얼마나 사는지는 중요치 않다.'

이런 인식이 성지한에게는 확고했다.

"힘을 완성해야 무신을 극복할 수 있다. 난 지극히 합리적이라고 생각한다만."

"그렇게 목숨을 줄여 가며 힘을 추구하는 자네가, 아까의 쉬운 길은 왜 가지 않았나?"

"제물 바치는 걸 말하는 건가? 그런 건…… 내 취향이 아니거든."

성지한은 그렇게 대꾸하면서.

자신도 모르게, 태극의 망혼 속의 '성지한'들을 떠올렸다.

그들은, 어떤 식으로 힘을 기르다 거기로 가게 된 걸까.

"후후……."

한편, 성지한의 대답을 들은 아소카의 입가에는 미소가 짙어졌다.

"시험 2개를 모두 통과했군. 자네는, 지금까지 내가 기다려 왔던 사람이야."

"……제물과 공허가 시험이었던 건가."

"그렇다네."

스탯 적을 얻어, 최하층에 있는 자신에게 오라던 아소카.

하나 그가 시험하고자 했던 건, 따로 있었다.

과연 힘을 위해 올바르지 않은 길로 빠져, 인간을 제물을 바칠 것인가.

그리고 검의 완성을 위해 수명을 포기해야 할 순간, 미련을 보이지 않을 것인가.

성지한은 두 가지 모두 아소카가 기대하는 바대로 통과했다.

그리고.

"무신에게 대항하기 위한 조건은 충족했지만…… 마지막 시험이 남아 있네."

"마지막은 뭐지?"

"재능."

아소카는 손가락을 폈다.

"무의 재능을 입증해야 하지."

뭐야.

그게 결국 제일 중요한 거잖아.

성지한은 피식 웃으며 태극의 안을 바라보았다.

금방이라도 폭발할 듯, 용솟음치는 공허.

"이 안에서, 마검을 꺼내야 마지막 시험을 통과하는 건가."

"그러네. 자네가 검을 꺼내면, 군림의 왕위가 계승됨은 물론. 더 많은 보상을 주겠네. 꺼내기만 해 주게."

어째 당사자보다도, 태극마검의 완성을 더 기대하고 있는 아소카.

성지한은 그의 말을 흘려들으며, 내부로 정신을 집중했다.

동방삭과는 달리, 공허를 검의 재료로 써야 한다는 건 알았지만.

'……쉽지 않군.'

단서는 잡았어도, 검을 완성하는 것은 별개의 문제였다.

반가면을 통해서, 증폭된 공허가 계속 태극의 안으로 들어서고.

일부는 그 안에서 뭉치고, 일부는 아예 소멸하고를 반복했다.

이러한 과정이 계속되자.

[공허가 5 감소합니다.]

평소 가면을 쓰면 늘어나기만 하던 공허 수치가.

처음으로 감소세에 들어섰다.

'공허가…… 여기서 없어지네?'

이러면 공허 수용 한도를 더 이상 신경 쓸 필요가 없겠는데?

너무 올랐다 싶으면, 태극마검의 태극에 넣어 없애 버리면 그만이니.

성지한의 뜻밖의 효용을 보고 눈을 빛낼 때.

쩌저적……!

반가면에 한 줄, 금이 갔다.

'아니, 여기에 균열이 가다니…….'

세계수 연합에서 만든, 공허 처리장.

힘을 증폭시키는 용도로 지금껏 유용하게 써먹었는데.

얻은 지 얼마나 되었다고 벌써 이러는 건가.

스으으으…….

가면에 금이 가자, 흐트러지는 공허의 흐름.

아소카는 아래에서 그걸 보면서, 아쉬움을 토해 냈다.

"다른 건 다 충족했는데, 재능이 없는가……."

인류의 정점에 누구보다도 빨리 섰던 성지한은, 재능 없단 소리에 미간을 찌푸렸다.

거 은근 기분 나쁘네.

'공허의 흐름부터 안정화시키자.'

금이 간 가면 속에서, 어지러이 움직이는 공허를 컨트롤하며.

성지한은 검을 만들어 나갔다.

처음 그가 만들고자 한 건, 자신이 가장 손에 익은 암검 이클립스를 닮은 검이었지만.

'그 정도 크기는, 현 상태론 유지하지 못해.'

암검 정도의 크기로 검을 만들기엔, 공허가 턱없이 부족했다.

'……일단은 작게라도 완성한다.'

애초에 아소카의 시험은, 태극에서 공허로 만들어진 '검'을 꺼내는 것.

검의 형태야 중요하지 않았다.

성지한이 그렇게 마음을 먹은 지, 얼마가 흘렀을까.

슈우우우…….

크기가 안정적으로 유지되던 태극이, 다시 불안하게 커지기 시작하고.

강렬한 기운이 그 안에서 사방으로 터질 듯이 튀어나왔다.

"……끝인가."

아소카는 그런 태극을 보고는, 아쉬운 얼굴로 금륜적보에 손을 가져다 대었다.

바퀴의 끝을 이루는, 황금의 두개골.

지금까지는 저절로 돌아가던 바퀴를.

이번엔 아소카가 직접 돌리려 하고 있었다.

그때.

치이이익!

일렁이는 태극 속에서, 성지한이 무언가를 꺼냈다.

그러자.

"그건……."

금륜적보를 밀려던 아소카의 손이 멈칫했다.

＊　＊　＊

"음…… 뽑긴 했는데."

푸슈우우…….

태극에서 오른손을 꺼낸 성지한.

그의 손에 들려 있는 건, 보랏빛 기운이 일렁이는 검의 손잡이였다.

그것도, 그의 손 크기의 반도 안 될 정도로 작은.

"……."

말없이 이를 지켜보던 아소카가 발자국을 떼자.

휘이잉!

최하층에 있던 그의 몸이, 어느덧 성지한의 옆으로 이동해 왔다.

"흠…… 애매하구나."

"애매해?"

"그래. 네 재능이."

아소카는 그 어느 때보다 심각한 얼굴로, 성지한이 꺼낸 물건을 유심히 관찰했다.

"종을 아득히 초월할 정도의 무재는 아니나…… 인류의 범주는 그래도 쉽게 넘어서 있구나."

"종을 아득히 초월할 정도라니…… 바라는 게 그 급이었나?"

"그래. 동방삭까지는 아니더라도, 그 아래 정도이길 원했지."

그럼 동방삭은 종을 아득히 초월하는 무재에서, 한 단계 더 위란 이야긴가.

'그가 괴물인 건 진작에 알았지만, 무재를 저거보다 더 윗급으로 평가할 줄이야.'

성지한은 어처구니가 없음을 느끼면서, 그에게 물어보았다.

"그럼 시험은 탈락인가."

"아니, 어디 한번……."

휙!

아소카의 몸이, 눈 깜짝할 사이에 최하층으로 돌아갔다.

성지한의 눈으로도 따라갈 수 없었던 움직임.

'세 번째 종 아소카…… 이자도 상당한 재능을 지닌 것 같은데.'

그는 발걸음 한 번으로 공간을 뛰어넘는 아소카를 유심히 지켜보았다.

종을 아득히 초월하는 무재…… 설마 자기 자신의 급을 가리킨 건가?

"그 물건을 들고, 여기까지 와 보게."

"그러지."

성지한이 그렇게 보랏빛의 검 손잡이를 들고 내려가자.

드르르륵…….

아소카의 뒤에 있던 금륜적보가, 한바퀴 움직이기 시작했다.

아까 전만 해도, 저러면 시간의 흐름이 되돌아갔지만.

스으으으……

검 손잡이에서 보랏빛 연기가 피어오르자.

"오……!"

성지한의 육신은, 시간 역행의 영향을 받지 않고 그대로 나아갈 수 있었다.

드륵. 드륵.

그런 성지한을 뒤로 물리기 위해, 몇 번이고 저절로 돌아가는 금륜적보.

하나, 다른 건 다 복구되어도.

성지한만큼은 위치가 과거로 돌아가질 않았다.

그리고 방해가 들어오지 않자.

탁!

성지한은 최하층으로 바로 착지할 수 있었다.

"이렇게 가까웠군."

아소카가 시간을 되돌릴 때만 해도, 영원히 내려가지 못할 것처럼 보였는데.

그게 막히니 아래로 도달하는 건 금방이었다.

다만.

'아소카가 아까 내려갈 때보단, 확실히 내가 늦었어.'

한 발자국을 떼자마자 공간을 아예 뛰어넘어 버리는 움직임.

그건 인류의 무공을 모두 익힐 수 있는 성지한으로서도, 알쏭달쏭한 움직임이었다.

동방삭이 만든 무공도 태극마검을 제외하곤 모조리 습득할 수 있었는데.

왜 저건 감도 안 오는 거지?

성지한이 그리 의문을 품고 있을 때.

아소카가 그런 그를 복잡한 눈으로 쳐다보았다.

"되기는 되는구나……."

성지한의 검 손잡이를 계속해서 바라보던 아소카는.

곰곰이 생각하더니, 손바닥을 폈다.

스으으으…….

그러자 그의 손에서 생성되는 황금의 왕관.

"약속한 왕위는 주겠네."

그는 그걸 성지한에게 미련 없이 넘겼다.

성지한의 손에 황금 왕관이 닿자, 곧 떠오르는 메시지.

[성좌 '아소카'에게서 왕위를 계승받았습니다.]
[물려받은 아소카의 군림 특성이 플레이어에 비해 아득히 높습니다.]
[성좌 특성 '군림'의 레벨이 2 오릅니다.]

'레벨이 2나……!'

아소카가 군림 레벨 8이라고 했던가.

비록 이걸 모두 계승받진 못해도, 현재 상태에서 군림

레벨이 2나 오른 건 엄청난 성장이었다.

"그리고 추가적인 보상과 정보는…… 아직은 넘길 수가 없다네."

"검을 꺼내지 못해서?"

"그러네."

아소카는 아쉽다는 표정으로 성지한을 바라보았다.

"더 많은 걸 주기 위해선, 금륜적보를 내 손으로 부수어야 하네만…… 아직은 자네에게 완벽한 확신이 없어."

"흠……."

"하지만 자네가 심연 속의 자신을 이겨 낸다면…… 확신이 생겨날지도 모르지."

심연 속의 자신?

성지한은 그게 무슨 말인가 싶다가, 눈을 크게 떴다.

'설마 어비스에 있는, 태극의 망혼을 일컫는 건가?'

북쪽 어비스의 주인.

태극의 망혼 속에는, '성지한의 조각들'이 있었다.

아소카가 심연 속의 자신이라고 콕 찝어 말한 걸 보면, 그가 말한 상대는 아무래도 태극의 망혼이 맞겠지.

"그걸…… 어떻게 알고 있지?"

"내가 어떻게 아는지도, 알려 주겠네. 자네가 자신을 이겨 낸다면."

"……허. 아는 것이 끝도 없군. 당신, 정말 아소카가 맞나?"

"아소카는 나를 나타내는 하나의 단면일 뿐. 나의 본질은…… 그저 우둔한 자이네. 깨닫지 못하여, 방황하는."

우둔한 자라.

그런 이가 태극마검의 공허를 알려 주고.

어비스의 주인의 정체도 이미 파악하고 있는 건가.

성지한은 아소카의 뒤편에 있는 금륜적보를 바라보았다.

시간을 돌리는 힘을 지닌 물건.

'저것과, 연관이 있는 건가…….'

성지한이 유심히 이를 지켜보고 있을 때.

갑자기 금륜적보가 사라지더니.

-아니 뭐야…… 불 꺼지더니 게임 끝났네?
-심지어 성지한 승리야;
-뭔 일이 벌어진 거임…….

채팅창에 채팅이 올라오기 시작했다.

차단된 배틀튜브가, 다시 열린 것이다.

"그럼…… 좋은 결과 기다리겠네."

아소카는 입가에 미소를 지으며, 성지한에게 살짝 고개를 숙였다.

인사가 끝나자, 단번에 사라지는 그의 신형.

'……정체를 모르겠군.'

성지한은 아소카가 사라진 자리를 가만히 지켜보다가.

[성좌 게임 '왕위 계승식'을 클리어했습니다.]

[특수 맵 '겁화劫火'에서 로그아웃됩니다.]

게임 맵을 나섰다.

* * *

게임이 끝난 후.
'여긴…….'
성지한은 밝아진 세상을 보면서 눈을 크게 떴다.
원래 게임이 끝나면 집으로 돌아왔던 것과는 달리.
그가 서 있는 곳은, 아까 왕위 계승식 때 성좌를 골랐던 공간이었다.
어둠 속에서, 세 성좌가 있는 자리에만 스포트라이트가 내려왔던 그곳은.
성좌들의 모습은 온데간데없이, 빛만이 내리쬐고 있었다.

-여기로 돌아왔네?
-대체 뭐야 이번 게임은?
-관리자들 떠서 뭐 대단한 맵에서 게임을 하나 했더니, 사기당한 심정인데…….
-ㄹㅇ 불만 타오르는 거 보다가 끝났음 ㅋㅋㅋ

왕위 계승식이라기에 대단한 전투를 보나 했더니, 겁화에 가로막혀 아무것도 보지 못해 불만을 토로하는 시청자들.

그나마 인류 시청자들은 팔이 안으로 굽어서 성지한에게 뭐라 하진 않았지만.

–뭐 이딴 방송이 다 있나 기껏 들어왔는데 ——
–관리자도 사기 아니야?
–근데 불로 방송 어떻게 가렸는지 신기하네. 저 정도 방해는 뚫을 만한데…….
–나도 나름 뚫어 보려고 했는데 안 되더라.
–에이 씨 구독 취소다.
–난 관리자 가지고 사기 친 놈 어떻게 되나 볼란다 ㅋㅋㅋ 하급종족이라 그런지 간도 크네.

외계인들은 이거 사기 아니냐면서 난리가 난 상태였다.
'시청자들이 시청을 못 하니, 80퍼센트 버프가 사라져서 아쉬웠지.'
그간 많이 업그레이드된 스타 버프.
능력치 증폭 20퍼센트 시절에야 없으면 좀 아쉬운 정도였지만.
80퍼센트쯤 되니까, 이게 사라지니 역체감이 상당했다.
조금 전, 태극마검에서 마검을 완성시키려 할 때 만약 이 버프가 있었다면.
검 손잡이만 꺼낸 채 끝난 게 아니라, 단검이라도 만들지 않았을까.
'아소카와의 만남은 그래도 가리는 게 맞았지만…… 나

중에 강력한 존재들과 싸울 때 이런 식으로 배틀튜브가 가려지면 곤란하다. 해결 방법을 찾아야겠어.'

성지한은 채팅창을 보면서 그리 생각하고 있을 때.

스으으으……

"음……."

금이 간 반가면 쪽에서, 공허의 기운이 물씬 흘러나오기 시작했다.

'아직 안 벗었군.'

스윽.

성지한이 가면을 벗자.

두둥실…….

그의 손을 떠나서, 홀로 허공에 뜨기 시작하는 반가면.

금이 갔던 부위에는, 짙은 어둠이 감돌더니.

'……고쳐졌어?'

금이 사라지고, 그 자리에 검은색의 빛이 일렁였다.

그러고는 다시 성지한의 손으로 돌아오는 가면.

금이 있던 자리를 대신한 어둠의 빛은, 성지한이 잡은 다음에도 계속해서 존재감을 내보이고 있었다.

'이거…… 공허의 기운이 더 강해졌군.'

원래도 상당량의 공허를 보관하고 있던 반가면은.

수리된 이후, 더 강렬한 기운을 지니고 있었다.

'이러면, 아까처럼 공허가 흐트러져서 마검 형성을 방해하는 일은 없겠는데…….'

오히려 가면 속 공허의 기운이 예전보다 강화되었으니.

이번 가면을 쓰면 조금 전보다 마검을 뽑아내는 건 더 수월해지겠네.

성지한은 반가면을 살펴보다, 이를 인벤토리에 넣었다.

그때.

[녹색의 관리자가 흑색의 관리자에게 당신이 저걸 수리할 줄은 몰랐다며 신기해합니다.]

시스템 창이 열리더니, 녹색의 관리자가 보낸 메시지가 드러났다.

－흑색의 관리자가 저걸 고쳤다고…….
－아 진짜 이건 관리자 사칭이다. 말이 돼? 저거 공허 보관해 두는 물건이라며?
－공허의 정점이 공허를 봉인하는 물건을 고쳐 줘…….
－내가 뭐랬냐, 이거 사기랬지? ＿＿

그리고 이걸 보자 납득할 수 없다며 더 폭발하는 외계인 시청자들.

관리자 셋이 출동한 것부터 믿기지가 않아서 와 봤는데.

방송은 불에 막혀 보이지도 않고, 관리자들의 메시지는 그들이 알고 있는 상식과는 너무 달라서.

조작설에 의구심이 지펴진 상태였다.

[녹색의 관리자가 플레이어 성지한에게 겁화의 안에서 무슨 일이 있었는지를 물어봅니다.]

[기억재생에 동의하면, 막대한 보상을 내리겠다고 약속합니다.]

한편, 아무리 관리자라도 내부의 일을 보지는 못했는지, 기억재생을 하겠냐고 제안하는 녹색.

기억만 보여 줘도 막대한 보상을 주겠다고 했지만.

"안 해."

이놈을 어떻게 믿어.

녹색의 관리자에 대한 신뢰가 0을 넘어, 이미 마이너스 단계로 가 있는 성지한은 그 제안을 일언지하에 거절했다.

"그것보다…… 날 왜 여기로 돌려보낸 거지?"

성지한이 왜 이쪽으로 역소환된 건지 묻자.

[백색의 관리자가 플레이어에게 제안합니다.]

투표에서 계속 기권했던 백색의 관리자가, 처음으로 먼저 성지한에게 제안을 했다.

그러자.

-아니 백색이 뭔 제안이야 진짜…… ＿＿

-채널 관리자 사칭으로 신고합니다.

—저도 신고요.

—아직도 신고 안 했음??

—처벌받는 거까진 보고 가련다.

—하…… 사칭하려면 좀 잘하든가 턱도 없는 사기를 치네 진짜 ㅋㅋ

그의 제안에, 이제는 이 채널이 조작된 게 확실하다고 시청자들은 믿었다.

임기가 정해져 있는, 녹색이나 적색의 관리자와는 달리.

백색의 관리자와 흑색의 관리자는, 배틀넷이 만들어진 때부터 존재하는 두 축이었다.

이들은 먼저 나서는 일이 거의 없었으며, 근래에는 더더욱 외부에 드러나는 활동을 하지 않았었다.

배틀넷의 절대신에 가까운 개념인 흑과 백의 관리자.

한데 그런 흑색의 관리자는 무슨 하급 종족의 가면을 고치질 않나.

백색의 관리자는, 또 여기서 직접 제안까지 하다니.

아무리 채널이 조작된 거라고 해도, 이건 좀 심하지 않은가.

하지만.

[백색의 관리자가 '빛의 눈 설치'에 동의하면, 배틀넷 채널을 업그레이드시켜 주겠다고 합니다.]

"빛의 눈……."

[또한 그가 설치를 받아들인다면, 관리자 직권으로 플레이어 성지한을 '스페이스-2 에어리어'에 배치하겠다고 제안합니다.]

스페이스-2 에어리어.

그건 성지한이 인류 멸망 미션을 클리어하지 못해서, 올라가지 못했던 구역이었다.

근데 그걸 설치만 받아들이면, 관리자 직권으로 올려 준다는 건가.

"빛의 눈이 뭔데?"

[조금 전과 같은 채널 차단을 원천적으로 봉쇄하는 장치라고 그가 알려 줍니다.]

그런 거라면 이쪽에서 설치해 달라고 말하고 싶은 심정인데?

스페이스-2야 큰 관심 없고. 배틀넷 채널 업그레이드도 크게 와닿진 않았지만.

오히려 빛의 눈이야말로 스타 버프를 유지할 수 있는 절호의 장치가 될 것 같았다.

"받아들이겠다."

[빛의 눈을 설치합니다…….]

성지한의 승낙에, 빛의 눈 설치가 시작되고.

-빛의 눈은 또 뭐야 ㅋㅋㅋ
-관리자 메시지를 너무 조작하네 진짜.
-이제 그만 좀 하고 빨리 잡혀가라. 신고 접수 왜 이리
오래 걸림?

-어, 근데…….
-뭐, 뭐지 이 마크?
-설마…….

그런 성지한과 관리자 간의 대화를 보면서 조작설을 확
신하던 시청자들은.
화면 한편에 뜬, 새하얀 눈 마크를 보고는.
채팅을 치지 않기 시작했다.

* * *

무신의 별, 투성.
탑 안에서 나온 길가메시는, 세 번째 종이 봉인된 곳을
향해 걸어가고 있었다.
"가서 무엇을 할 셈인가."
그리고 동방삭은 그 뒤를 바싹 따라가며, 천천히 입을
열었다.

"이번에 그가 깨어나지 않았나? 군림 성좌끼리, 교류
나 하려고 하네."

"그렇다기엔 발걸음이 너무 빠르군."

"얼른 만나고 싶거든. 근데 동방삭, 넌 언제까지 따라
올 셈이지?"

길가메시가 성가시다는 듯 동방삭을 바라보자.

스으윽.

그가 천천히 수염을 쓰다듬었다.

"주인의 명이 끝날 때까지, 감시를 지속해야지."

"허…… 정말 할 일이 그리도 없나? 그러고 보니, 무신
의 종 중 유일하게 너만 독존 성좌군. 군림자끼리 만나
이야기할 게 있으니, 자리를 좀 비켜 주게."

"어차피 그도 군림의 좌를 성지한에게 물려주었을 텐
데? 그럼 그도 군림의 특성이 사라진 것 아닌가?"

"……아니. 그는 아직도 군림자다."

"그걸 어떻게 알지?"

"한 종족을 지배하는, 군림자의 숫자는 계속 알아볼 수
있으니까."

길가메시는 그렇게 말하며 납득이 가지 않는다는 듯,
얼굴을 찌푸렸다.

"참으로 이상하단 말이지. 왕위는 계승되었다고 나오
는데 아직도 군림자라니…… 일부만을 물려줄 수도 있었
던가."

"군림의 특성이 없어서 모르겠군."

"흠…… 설마 군림 레벨이 8 이상 위일 리는 없을 테고."

"레벨 8이라…… 확실히 높은 수치이긴 하다만, 뭐 넘을 수도 있지 않은가?"

"내가 8이다."

길가메시는 동방삭의 말에, 자신을 가리키며 반박했다.

"인류의 왕이자, 태초의 존재인 나도 군림은 8까지밖에 오르지 못했다."

"근데?"

"나보다 훨씬 후대의 왕이, 나를 넘을 수는 없단 뜻이다."

"나도 당신보다는 후대 사람이네만, 독존 레벨은 9야."

"9라고? 허…… 생각보다 더 미친 괴물이었군."

길가메시가 질린 얼굴로 동방삭을 바라보고 있을 때.

"여긴 무슨 일이지?"

팔짱을 낀 피티아가, 언짢은 표정으로 둘을 바라보았다.

"피티아, 이곳엔 왜 왔지?"

"아소카에게 중요한 용건이 있어."

"공교롭군. 나도 이야기할 것이 있는데."

"내가 먼저야."

"언제 투성이 그렇게 선착순을 중요시 여겼지?"

길가메시는 순서를 지킬 생각이 없다는 듯, 피티아의 앞에 서려 했지만.

"멈춰."

쿠르르르!

바닥에서 커다란 얼음벽이 올라오며, 자신의 앞길을 막자.

얼굴을 잔뜩 찌푸렸다.

"말로 할 때 길을 터라. 피티아."

"내가 돌려주고 싶은 말이네. 말로 할 때 돌아가. 길가메시. 창피를 당하고 싶지 않다면."

"허…… 언제부터 예언자가 이렇게 까불었지?"

쾅!

길가메시는 발로 얼음벽을 찼지만.

스으으으……!

벽은 부서지기는커녕, 오히려 그의 발을 옭아매 얼려 버렸다.

"……뭐냐, 이 힘은?"

"이번에, 군림의 힘을 얻었잖아? 이게 참 쓸 만하더라고."

"그걸 믿고 이렇게 기고만장했던 거냐? 가소롭구나."

쩌저저적……!

얼음에 단숨에 금이 가고.

길가메시는 발을 벽에서 빼낸 후, 본격적으로 힘을 끌어올렸다.

무신의 종 중, 그가 싸우길 꺼려 하는 건 동방삭뿐.

그는 피티아나, 세 번째 종 정도는 자신의 상대가 안

된다고 확신하고 있었다.

특히 피티아는.

권능도 탐색과 관련되어 있고, 힘도 무신의 종 중에선 가장 약한 축에 속하는지라.

그녀에 대해선 전혀 걱정을 하지 않았다.

"위와 아래에 대해 제대로 교육을 시켜 주지."

"쯧. 순서 지키라는 말이 그렇게 어려워? 나이만 많지 머릿속에 든 게 없구나."

"……군림 레벨 8이 주어졌다고 사람이 이렇게 맹랑하게 바뀌는구나."

"당연하지. 8이면 당신이랑 똑같잖아?"

스으으으…….

길가메시에게 한마디도 지지 않고 힘을 끌어올리는 피티아.

과연, 군림 레벨 8을 얻고 나서 그런지.

그녀가 동원할 수 있는 힘은 예전과는 차원이 달랐다.

'저 정도면, 길가메시와 꽤 오래 싸우겠군. 끝이 쉬이 나지 않을지도…….'

동방삭은 수염을 쓰다듬으며, 그 장면을 여유로운 얼굴로 바라보았다.

어차피 두 사람 모두, 자신이 나서면 상황을 바로 종료시킬 수 있었으니.

어디 둘이서 투닥거리면 어느 정도의 전력이 나올지 지켜보기로 한 것이다.

하나.

[그만.]

쿠르르르……!

둘이 싸우기도 전에.

대지가 갈라지며, 거대한 형체가 서서히 올라오기 시작했다.

"주, 주인……!"

"……무신, 벌써 깼나?"

세 번째 종을 봉인하고, 잠시 잠들었던 방랑하는 무신이 모습을 드러낸 것이다.

그는, 셋을 보고는 심각한 어조로 말했다.

[이번엔, 예상외의 상황이 너무나도 많이 발생했군……]

"……그래서?"

스으윽.

그는 뒤를 바라보았다.

정확히는 얼음벽 너머.

세 번째 종이 봉인된, 그 땅을.

[금륜을 돌리겠다. 아소카.]

"……금륜? 그게 뭐지?"

길가메시는 미간을 찌푸렸다.

그는 이것이 어떤 의미를 지니고 있는지, 명확히 알지 못했지만.

본능적으로 묘한 불안감을 느낀 것이다.

[이것은 너와의 계약과는 관련 없는 사항. 네게 알려

줄 의무는 없다.]

하나 무신은 길가메시에게 그리 통보한 후.

[아소카, 지금 당장 금륜적보를 꺼내라.]

아소카에게 다시 한번 명령했다.

그러자.

스으으으……

피티아가 만들어 낸 얼음의 벽 뒤에, 아소카가 모습을 드러냈다.

태연한 얼굴로 무신과 그의 종을 바라보던 그는, 천천히 입을 열었다.

"그 명령, 지금 당장 이행하기는 힘드오."

[뭐…… 네가 나의 말을 거역한다고?]

"관리자의 시선이 그 어느 때보다 엄중히 모인 때요. 지금 급히 금륜을 돌리다가는, 그들의 개입으로 실패할 수도 있소."

[허튼소리 하지 마라. 관리자의 눈은 시간이 지날수록, 이곳에 집중될 것이다. 지금이 가장 적기이다. 아소카. 당장 돌려라. 계속 거역한다면…… 내가 직접 돌릴 것이다.]

무신이 눈을 붉게 번뜩이자, 그의 몸에서 검붉은빛이 위로 치솟았다.

그리고 그것이 곧 투성의 상공에 별처럼 떠 있는 무구에 닿자.

화아아악!

무신의 힘이 크게 증폭하기 시작했다.

〈34〉 2레벨로 회귀한 무신 18

검붉은빛에 연결되어, 무신의 힘을 증폭시켜 주는 성좌의 무기.

'이 무슨……'

무신에게 뭐라고 말을 더 해 보려던 길가메시는, 그걸 보고는 입을 닫았다.

하늘에 수놓은 성좌의 무구.

저걸 무신이 그냥 기념으로 놔둔 건 아니라고 생각했지만, 이렇게 직접적으로 그를 강화해 주는 수단이 될 줄은 몰랐다.

'……그가 이 정도의 힘을 지니고 있다면, 나는 절대로 이길 수 없다.'

인류가 하급으로 성장하고 나서.

군림 성좌로서 그들에게 영향력을 행사하고, 힘을 기르다 보면 무신에게 대항할 수 있다고 생각했는데.

현재의 무신을 보니, 그건 완전히 판단 착오였다.

성좌의 무구 일부만 흡수해도 저 정도인데, 투성에 있는 모든 무구를 흡수한다면…….

'무신을 이겨 낼 다른 방법을 찾아야겠군…….'

그렇게 길가메시가 무신의 진정한 힘을 한 꺼풀 더 보고, 생각에 잠겼을 때.

아소카는 용솟음치는 무신의 기운을 마주하고도 태연히 하늘을 바라보았다.

"그거 아시오? 투성의 별…… 어느 순간부터 숫자가 늘어나질 않는다는 걸."

[······.]

"무신. 당신의 계획은 그동안 효과적이었지만, 이제는 발전에 한계가 봉착했소이다."

[아직, 한계는 아니다.]

"하지만 이 정도 속도면, 우리는 무한히 금륜을 굴려야겠지······ 당신도 답보 상태임을 알고, 인류의 진화를 도운 것 아니오?"

[······그렇다. 그리고 알게 되었다. 관리자들은 지금껏 인류가 최하급이라 개입하지 못했을 뿐, 사실은 이곳을 계속 주목하고 있다는 것을.]

성지한의 채널에 등장했던 세 관리자.

이 중 녹색의 관리자야 활발하게 활동을 하는 관리자라 나타나도 이상할 게 없었지만.

백색과 흑색의 관리자는, 직접 모습을 드러내는 일이 극히 드물었다.

한데 인류가 하급 종족이 되자마자, 얼굴을 비추다니.

그들이 모습을 드러낸 이유야, 겉으로는 성지한을 주목해서 그랬다고는 하지만.

[관리자의 주목은 형식상의 이유일 뿐. 실상은 성지한을 통해 투성의 사정을 조사하려는 것이겠지. 증거도 없이 관리자가 이곳을 직접적으로 조사하는 것은 불가능하니까.]

"잘 아시는구려. 그러니 지금 조심해야 한다는 것이오. 저들의 시선이 사라질 때까지 기다려야 하오."

[한 번 시작된 관리자의 감시는 끊기지 않는다. 그들은 집요하게 이곳을 살필 것이다. 모든 것을 다시 초기화해야 한다. 아직은 준비가 다 되지 않았다.]

'초기화?'

초기화라니.

길가메시는 무신의 말에서 의미심장한 단어를 포착했다.

금륜을 돌려라.

그리하여 모든 것을 초기화해야 한다…….

'……이건 무슨 의미인가. 설마.'

길가메시가 눈빛을 가라앉혔을 때.

"관리자의 눈이 될, 성지한이 사라지면 되지 않소?"

[……성좌 후보자인 그를 없앴다간, 관리자의 더 큰 개입만 불러온다.]

"성좌가 된 후 죽인다면?"

[그게 원래 생각한 방법이었으나, 관리자의 눈이 그에게 부여된 이상 굳이 시간을 끌 필요는 없다.]

"그렇다면, 우리 손으로 죽이지 않고, 제3자의 손에 죽으면 어떻겠소?".

화르르르…….

그러며, 아소카의 앞에 불길이 타올랐다.

그리고 찬란하게 타오르는 적색의 불꽃 속에서, 거대한 거인의 형상이 모습을 드러냈다.

전신에 붉은 눈이 박혀 있는, 보랏빛의 거대 거인.

하나 보랏빛의 몸과는 달리, 머리는 나무로 이루어져 있었다.

"어비스의 주인. 그가 성지한을 죽일 것이오."

[……그놈이 어비스의 주인과 싸운다고?]

"그렇소. 그의 친족이 어비스의 주인에게 억류되어 있지. 그리고 내가 제안한 것도 있었소. 그를 이긴다면, 무신에 대한 정보를 알려 주겠다고."

[…….]

자신의 정보를 팔았다고 아소카가 이야기했건만.

무신의 기운은, 오히려 전보다 한결 침착해졌다.

어비스의 주인.

그가 지닌 힘이 얼마나 강대한지에 대해서는, 그도 익히 알고 있었으니까.

아무리 성지한이 강해졌다 한들, 어비스의 주인 만큼은 이기지 못한다.

슈우우우…….

성좌의 무구와 연결되었던 검붉은빛이 사라지고, 무신의 힘은 예전와 같은 정도로 축소되었다.

[그가, 어비스의 주인과 싸워 죽는다라…….]

"관리자의 눈도 사라지고, 그들의 개입도 힘들어질 것이오. 그리고, 이번엔 성지한과 같은 특수한 자가 있었으니."

아소카는 시선을 하늘로 향했다.

"투성의 별도, 다음에는 더욱 늘어나지 않겠소?"

[위험을 부담하는 대신, 얻는 것도 클 거라는 건가.]

"그렇소이다."

무신은 두 눈을 붉게 번뜩이며, 아소카를 빤히 바라보았다.

그러며 곧, 길가메시도 등골이 오싹해질 정도로 강렬한 살기가 피어올랐지만.

아소카는 그런 분위기 속에서도 미소를 지은 채, 고개를 살짝 숙여보았다.

[……좋다. 하지만, 이번만이다. 다음에는 방종을 용납하지 않겠다.]

"충언을 들어주어 감사하오."

[마음 같아서는 널 다시 봉인하고 싶지만…… 그렇게 힘을 낭비할 때가 아니군.]

무신의 형체가 서서히 옅어지기 시작했다.

[봉인되어 있을 때처럼, 조용히 있도록.]

"그리하겠소."

[너희도 경거망동하지 말고, 가만히 있도록 하라.]

그러면서 특히, 길가메시를 지그시 바라보는 무신의 눈.

길가메시는 얼굴을 찌푸리며, 그에게 반문했다.

"넌 뭘 할 셈이지?"

[관리자의 감시를 차단할 것이다.]

스으으으…….

그러면서 완전히 사라지는 무신.

아소카는 그가 사라진 자리를 가만히 바라보았다.

'시간은…… 벌었다.'

방랑하는 무신.

그는 의심이 많고, 조심성이 과했다.

그렇게 강대한 힘을 지니고 있음에도.

작은 변수 하나에, 시간을 되돌리는 금륜적보를 사용할 만큼.

그런 그가 아소카에게 설득이 된 건.

성지한이 싸워야 할 상대가 어비스의 주인이라고 했기 때문이었다.

'성지한의 재능이 과연 태극의 망혼을 넘을 수 있을까.'

애매하군.

아소카는 성지한이 뽑았던, 태극마검을 떠올렸다.

검 손잡이만 튀어나왔지만, 가능성은 나름대로 보여 주었지.

'……아니. 생각해 보면 그만한 사람도 지금껏 나오지 않았다. 앞으로도, 나오긴 힘들 터. 이번에 어떻게든, 끝을 보아야 한다.'

그가 생각에 빠져 있을 때.

저벅. 저벅.

아소카를 향해, 무신의 종 셋이 다가오기 시작했다.

'성지한을 도울 수 있는 변수는…….'

아소카의 눈이 그들을 찬찬히 살폈다.

그가 그중 유심히 살핀 건, 피티아도 동방삭도 아니라.

'그가 되겠군.'

무신의 힘을 보고는 기세가 한풀 꺾인 길가메시였다.

* * *

[스타 리그로 올라선 성지한. 전인미답의 길을 계속 걷다.]

[외계인이 경악한 관리자의 강림. 조작설을 잠재운 건 '빛의 눈'.]

[업그레이드된 성지한 채널의 기능은? 시청자가 선택할 수 있는 옵션이 보다 다양해져.]

[인류의 군림 성좌로 드러난 세 사람의 정체. 가장 의아한 사람은 역시 피티아.]

스타 리그로 가는 승급전, '왕위 계승식'이 끝난 지 하루가 지났지만.

이 게임에 관련된 사람들의 관심은 여전히 식지 않은 상태였다.

-외계인들 죄다 조작조작 거리더니 빛의 눈 생기니까 모두 입 다물던데 ㅋㅋㅋ

-관리자가 근데 그렇게 대단한 거임?

-그냥 걔들이 배틀넷의 신 아니야?

-근데 배틀넷에 나름 신들도 있었잖아. 예전에 뇌신도

그렇고.

―걔네들보다 몇 급 더 위겠지 외계인 놈들이 저 난리 치는 거 보면 ㅋㅋㅋ

관리자에 대해서는 외계인들보단, 그다지 존재감을 체감하지 못하는 인류 시청자들은.

그것보다는 성지한의 채널 변경 쪽이나, 인류의 성좌 쪽으로 관심을 집중했다.

―성지한 채널 봄? 업그레이드되었다고 자기 혼자 새하얗게 반짝거리더라 ㅋㅋㅋ

―근데 빛의 눈도 그렇고 채널 옵션도 그렇고…… 변경점이 뭔가 엄청 체감은 안 되네.

―방송을 해 봐야 알 거 같음 ㅇㅇ

―근데 인류 군림 성좌들은 좀 뜬금없지 않았냐?

―아소카 왕은 뭐 그렇다 치는데 피티아는…… 그냥 그리스 예언자 가리키는 말이라는데? 예언자가 왕들 다 제치고 군림하네 ㄷㄷ

시청자들이 보기엔, 채널 겉이 반짝이는 거나 세부적인 기능이 몇 개 추가된 게 끝이었던 성지한 채널.

빛의 눈 마크도 화면 옆에 생성되긴 했지만, 막상 이게 무슨 영향을 끼치는지는 체감할 수가 없었다.

하나 그렇게 큰 변화를 느끼지 못했던 시청자들과는 달리.

'뭐 이리 추가 기능이 많아.'

성지한은 백색의 관리자가 업그레이드해 준 자신의 배틀튜브 채널을 보면서 미간을 찌푸렸다.

채널 업그레이드라고 해서 뭐 별거 있겠나 싶었는데.

채널 개설자 입장에선, 선택할 수 있는 옵션이 너무나도 많이 늘어난 상태였다.

성지한은 채널에 대해 좀 공부해 보려고 하다가.

'……세부적인 건 하연 씨한테 맡겨야겠군.'

계속해서 튀어나오는 상세 옵션을 보고는 분석을 포기했다.

복잡한 건, 그냥 길드 마스터에게 넘기는 게 낫겠어.

'그것보다 가장 중요한 건, 역시 빛의 눈이야.'

어제 게임에서, 시청이 차단돼서 스타 버프를 받지 못했던 성지한.

능력치 +80퍼센트가 사라지니, 확실히 태극마검을 만드는 과정에서 이것의 부재가 뼈아팠다.

'무의 재능이 부족한 것도 검을 완성시키지 못한 원인이겠다만…….'

성지한의 재능을 애매하다고 이야기했던 아소카.

이 말을 들었을 당시만 해도 사실 기분이 좋진 않았지만.

하루가 지난 후, 그는 이를 순순히 긍정하고 해결 방법을 찾았다.

'동방삭처럼 천부적인 무재를 지니지 않은 이상, 다른 방법을 다 동원해서라도 부족한 재능을 메운다.'

뒤떨어지는 무재를 키우기 위한 정공법은, 아무래도 수련이겠지만.

성지한의 눈앞에 놓인 현실은 그렇게 한가하질 않았다.

어비스의 주인이나, 동방삭. 그리고 무신 등.

상대해야 할 강적들이 즐비했으니.

수련은 수련대로 한다고 쳐도, 이들과의 격차를 메울 만한 수단도 똑같이 마련해야 했다.

'그중 가장 기본이 되는 건 스타 버프겠지. 저번처럼 안 막히는지 보기 위해, 빛의 눈을 테스트해 보고 싶은데…….'

실험을 해 보고 싶어도, 일단 채널 시청이 막혀야 하는데 말이지.

성지한이 어떻게 방법이 없나 고민하고 있을 때.

[아레나의 주인이 당신에게 메시지를 보냅니다.]

−공허의 수련장 수리가 끝났습니다. 한번 와 보시겠습니까?

'호오.'

마침 테스트하기 적당한 장소가 주어졌다.

2장

2장

공허의 수련장.

"오셨군요."

우주 형태의 얼굴에, 중절모를 쓴 아레나의 주인은 성지한을 반겼다.

"수리가 생각보다 일찍 됐군."

"위에서 이를 최우선적으로 처리하라고 명령이 내려왔거든요."

"위라면, 흑색의 관리자?"

"맞습니다. 거기에……."

아레나의 주인이 손을 펼치자.

슈우우욱!

어두컴컴하던 바닥에, 보랏빛으로 원형 경기장 모형이 올라왔다.

"레벨 500을 수월하게 찍으실 수 있도록, 특별 아레나도 개최될 예정입니다."

"레벨 업을 도와주는 아레나를 개최한다고……."

"예. 공허의 수련장을 하루라도 빨리 업그레이드할 수 있게 말이죠."

"이것도 흑색의 관리자가 명한 건가."

"그렇습니다."

"그럼 굳이 아레나를 개최할 필요 없이, 그냥 바로 업그레이드해 주지 그래."

"그건 절차상 불가능합니다. 레벨 500도 최소 요건이라서요."

관리자가 뭔가 사정을 많이 봐주는 것 같아 한 단계 더 나아가 봤는데 아쉽군.

성지한은 그리 생각하면서 아레나의 주인에게 물어보았다.

"근데 흑색이고, 백색이고…… 왜 날 도와주는 거지?"

물론 도와주니까 좋긴 하다만, 세상에 이유 없는 호의는 없지 않은가.

특히 사정을 봐주는 상대가 관리자라면, 대우를 받아도 뭔가 찜찜하긴 했다.

"그건……."

아레나의 주인은 잠시 멈칫하더니, 말을 이었다.

"……윗분께서 말씀드려도 된다고 하시니, 이야기하지요. 관리자께서는 오래전부터, 사라진 적색의 관리자를 추적해 왔습니다."

"적색의 관리자를?"

"예. 임기를 끝마치고 은퇴해야 할 그가, 관리자 직을 내려놓지 않았으니까요."

스으으윽.

아레나의 주인이 손바닥을 펼치자, 지구의 모형이 아레나의 주인의 손 위에 떠올랐다.

"그리고 그의 흔적은, 행성 지구에서 발견되었지요. 처음에는 관리자가 직접 이곳에 개입하려고 했지만, 저도 모르는 사정으로 인해 우리는 간접적인 방법을 택할 수밖에 없었습니다."

"간접적이라면."

"적의 일족의 실험체 역할을 하던 길가메시에게 힘을 부여하는 것이었지요."

성지한은 지구 모형 위에 길가메시의 얼굴이 떠오르는 걸 보고.

예전에 아레나의 주인이 했던 이야기를 떠올렸다.

–그는 공허의 소명을 저버린 배신자. 그의 원죄는 NO.4212 인류 모두가 갚아야 합니다.

–임무를 다 끝마친 그는, 주어진 수명을 누리고 죽었어야 했습니다. 하지만 그는 죽지 않았죠.

–그게 배신입니다.

적의 일족을 토벌했음에도, 죽지 않고 영생을 살았던 길가메시.

공허 입장에선, 그게 배신이었던 건가.

"길가메시에게 주어졌던 힘은, 적색의 관리자를 없애기 위해 관리자들이 특별히 부여한 권능이었습니다. 이 권능은 다시 반납이 되어야 했지만, 길가메시는 영생을 살며 이를 은폐해 버렸죠. 거기에……."

지구와 길가메시의 형상이 사라지고.

이번에는 거대한 무신의 모습이 떠올랐다.

"저희는 방랑하는 무신에게, 이 권능이 일부 주어진 것으로 파악하고 있습니다."

"무신에게?"

"예. 거기에, 아직은 조사 단계입니다만. 적색의 관리자와도 연관이 있을 것으로 추정 중이지요."

"흠…… 근데 그거랑 날 도와주는 게 무슨 상관인가."

"관리자께서 관측할 수 있는 사람은, 인류에서 당신이 유일하거든요."

"……그게 무슨 말이지?"

"말 그대로의 의미입니다."

아레나의 주인은 자신의 얼굴, 우주 형상을 잡더니.

이를 좌우로 쭈욱 당겼다.

그러자.

파아아앗!

순식간에 공허의 수련장 전체로 확장되는 우주 형상.

"한없이 광활한 우주. 이 안에서 관리자께서 관리하는 배틀넷 종족은 너무나도 많습니다. 그래. 무한하다고 보는 것이 맞겠지요."

"……."

"이들을 모두 관리하는 건 아무리 관리자라 하더라도 불가능한 일입니다. 그리하여 관측대상을 분류하기로 하셨죠. 배틀넷 종족의 95퍼센트를 차지하는 최하급 종족은 아예 관측을 안 하고. 4퍼센트를 차지하는 하급 종족에는 매우 특수한 자에게만, 제한적인 관측을 하기로 하셨습니다."

최하급 종족은 아예 보지도 않고.

하급도 성지한 같은 케이스 정도가 아니면 보지 않는 건가.

이번에 인류가 종족 진화하지 않았다면, 관리자의 눈길은 여전히 계속 오지 않았겠어.

"근데 녹색의 관리자는 시도 때도 없이 채팅창 들어오던데."

"그는 임기가 정해진 관리자니까요. 제가 말한 관리자 관측 분류는 어디까지나 흑색과 백색의 관리자에게만 적용되는 기준입니다."

임기가 있는 관리자와, 없는 관리자.

역시 둘 간의 급은 확실히 다른가 보군.

"어쨌든, 백색과 흑색."

"흠흠. 흑을 먼저 이야기해 주셨으면 좋겠군요."

"……그래. 흑색과 백색의 관리자는, 관측을 위해 날 도와주는 거라 이거군."

"맞습니다. 성지한 님은 관리자께서 이 세계를 직접 볼 수 있는 유일한 통로라고 할 수 있지요. 그리고 관측 결과. 이 세계는, 그리고 무신은 매우 많이 어긋나 있었습니다."

"어긋나?"

"예. 매우, 많이……."

아레나의 주인은 그렇게 말끝을 흐리더니, 화제를 전환했다.

"그런 이유로, 관리자께서 성지한 님을 지원하시는 거니 이를 최대한 활용하십시오."

"……알겠다."

"공허의 수련장도 한도 내에선 최대한 업그레이드해 드렸습니다. 이젠 시간의 흐름 비율이, 지구에서의 1일당 100일로 바뀝니다. 대신 비율을 확대하기 위해, 이제는 이 시간 축이 고정되죠."

"비율을 줄였다 늘렸다는 못 한다는 거지?"

"예."

공허의 수련장에서 100일을 보내도, 이제 지구에선 하루만 지나는 건가.

대신 이 시간 비율을 조절할 수는 없다지만, 어차피 100일이 맥스치면 100일로 계속해 놨을 테니까.

좋은 업그레이드 방향이다.

'역천혼류의 해혈을 여기서 끝내야겠어.'

동방삭이 구궁팔괘도에 들어가기 전, 극복하라고 부여했던 역천혼류.

아소카와의 만남으로 태극마검의 운용을 한층 더 깨닫고 나서, 어떻게 풀어야 할지 감이 오긴 했지만.

완벽히 이를 제어할 때까지는 수련장에 있기로 마음먹었다.

한편.

스으으으……

공허의 수련장을 가득 메웠던 우주 배경이 다시 중절모 아래로 들어가고.

"그럼, 저는 이만 가 보겠습니다. 특별 아레나는 일주일 후에 개최될 예정이니, 그때 초대장을 받아 주십시오."

아레나의 주인이 돌아가려고 하자, 성지한이 그를 잡고 질문을 던졌다.

"아, 잠깐. 여기서 배틀튜브 틀어도 방영되나?"

"배틀튜브요…… 이곳은 방송이 제한된 장소입니다만. 특히 이렇게 업그레이드된 공허의 수련장은, 공허의 내부 깊숙한 곳에 있습니다. 배틀튜브의 접근은 원천 봉쇄되어 있지요."

"빛의 눈이 있어도 안 보여?"

"빛의 눈이라면…… 아. 백색의 관리자가 부여한 걸 말씀하시는 거군요. 그거라면…… 보이긴 할 겁니다. 왜곡

된 시간 축의 흐름을 보정해서, 백배속으로 나가긴 할 테
지만요."

백배속으로 나가는 수련 방송이라.

'실시간 시청자가 다 떨어져 나가서, 스타 버프가 그거
때문에 끊기겠군.'

거기에 사실 수련 장면도 외부에 보여 줄 필요는 없었
으니.

성지한은 여기서 방송이 잘되는지 테스트만 해 보기로
마음먹었다.

"그럼 시험방송만 해 보도록 하지."

"예. 자유롭게 하십시오. 그럼, 일주일 후에 아레나에
서 뵙겠습니다……."

스으으…….

아레나의 주인의 모습이 사라지자.

'빛의 눈이 되는지만 확인하고 끄자.'

성지한은 바로 배틀튜브를 켰다.

＊　　＊　　＊

"안녕하세요. 여러분. 오늘은 테스트 방송입니다."

아무것도 없는 어둠 속.

성지한은 배틀튜브를 켜 보았다.

"이곳은 배틀튜브가 차단되는 공허의 수련장입니다.
빛의 눈이 제대로 작동하는지 보기 위해 틀었습니다."

성지한은 시간 축 조절을 감안해서, 말을 천천히 해 보았지만.

-뭐지 이거…….
-방송사고?
-뭐라고 말하는질 모르겠음;
-백배속 고정 옵션이 박혀 있네 뭐야 이거 ㅋㅋㅋㅋ
-이거 느리게 못 함??
-생방 때는 안 되나 봐 ㄷㄷ

아무리 천천히 해도 영상 속도가 백배속이 되니, 일반 사람들은 그가 무슨 말을 하는지 도무지 알아들을 수가 없었다.

하지만.

-……뭐야 이거?
-백배속 고정이라니?
-공허의 수련장이군
-진짜 있었어 이거? 풍문인 줄 알았더니…….
-방영이 되는 게 놀랍네. 이게 빛의 눈이 지닌 힘인가.
-아니 진짜로 관리자들이 뒤를 봐주고 있었어? 이놈이 뭐라고?

말을 알아듣지 못하는 인류의 시청자들과는 달리, 외계

의 존재들은 이를 캐치했다.

 -하급 종족 주제에 강한 이유가 여기 있었던 건가.
 -에이 그래 봤자 쟤 장수족들이 누려 온 시간에 비하
면 시간 쓴 거 얼마 안 될걸?
 -오래 수련한다고 다 강해지면 드래곤이 우주를 지배
해야지.
 -?? 무슨 소리야 용이 이미 우주 지배하고 있는데?
 -도마뱀 하나 바로 튀어나왔네 ㅋㅋㅋ 엘프한테 맨날
튀는 놈들이.
 -뭐? 너 이 새끼 무슨 종족이야? 당장 좌표 불러라.
 -또 엘프한테 얻어맞고 엄한 데서 화풀이하죠?

 '이놈들은 또 이러네.'
 성지한은 익숙한 눈으로 평소처럼 싸움 난 채팅창을 바
라보았다.
 여러 종족이 모여 있어서 그런지, 뭐만 하면 싸우자고
하는 외계 종족들.
 그때.

 ['스타' 버프가 활성화됩니다.]

 시스템 메시지가 떠올랐다.
 '빛의 눈이 확실히 효과는 있나 보군.'

이럼 테스트는 끝이네.

성지한은 스타 버프가 활성화된 걸 보면서 고개를 끄덕였다.

"영상이 잘 송출되나 보군요. 그럼 오늘은 이만 종료하겠습니다."

―뭐? 끝?

―아니 공허의 수련장 더 보여 줘야지! 소개 컨텐츠 아니었어?

―야야 지금 100배속이라서 금방 끝난다고! 이번 영상 수익창출 안 할 거야??

"수익창출 안 해도 괜찮아요. 애초에 여기, 보여 줄 게 없거든요."

스으윽.

성지한은 공허의 수련장을 한 바퀴 둘러보았다.

아직 맵 설정을 안 해서 그런지, 어둡기만 한 수련장 공간.

설정을 바꾸면 예전에 플레이했던 맵으로 바꿀 수 있었지만.

'예전처럼 채널 성장을 위해 컨텐츠 뽑아낼 단계는 지났으니, 안 한다.'

관리자가 나타난 이후로, 관심이 상당히 집중된 성지한 채널.

이걸 조금 더 성장시킨다고, 공허의 수련장 리뷰 영상을 찍고 싶진 않았다.

스타 버프의 성장도 막혔을뿐더러.

'역천혼류를 풀어야 해.'

지금은 할 일이 있었으니까.

"그럼 다음에 뵙겠습니다."

삑.

방송 송출을 끈 성지한은, 곧바로 수련에 들어갔다.

'일단 점혈부터 하고.'

툭! 툭!

그는 자신에게 셀프로 역천혼류를 사용한 후.

무혼이 봉쇄된 걸 느끼곤, 천천히 이를 살펴보았다.

'역천혼류…… 확실히 태극마검의 1단계와 연관이 있군.'

아소카가 금륜을 돌려 수련을 시켜 준 덕에, 태극을 운용하는 1단계는 익숙해진 성지한.

그는 이때의 경험을 바탕으로, 역천혼류를 해혈해 나갔다.

'하루에 100일씩 시간을 주니까, 금방 끝내고 나가겠어.'

처음에 성지한은 그렇게 낙관적으로 생각했지만.

'이런…… 여기에 이런 묘수가 숨겨져 있었군.'

'아니, 여기서 막힌다고?'

'……역천혼류. 이 안에 대체 뭘 담은 거야?'

막상 해 보니 태극마검의 1단계 경험은, 역천혼류의 해혈에 결정적인 도움이 되질 못 했다.

오히려 계속 수련을 하면 할수록, 부족한 점만 눈에 띄게 된 성지한.

'빨리 끝내고, 초대장 오기 전에 구궁팔괘도에 갈까 했는데…….'

일주일 후에 오기로 한, 특별 아레나 초대장.

수련장 시간으론 700일 후니, 그 전에 빨리 끝내고 서해의 구궁팔괘도에 방문하려 했는데.

'그럴 여유가 없어졌군.'

100일이 지나자, 성지한은 쓴웃음을 지었다.

풀릴 듯 풀리지 않는 역천혼류.

이걸 계속 붙잡고 있으니, 갑자기 아소카가 자신을 가리켜 재능이 애매하다고 했던 게 떠올랐다.

확실히, 동방삭 급의 무재는 따라가기가 힘들군.

'그럼, 뭐 시간으로 밀어야지…….'

성지한은 그렇게 공허의 수련장에서, 역천혼류를 계속 공략해 나갔다.

그리고 수없이 많은 시간이 흘러.

"……드디어, 됐군."

그가 역천혼류를 완벽하게 파훼했을 때.

[아레나의 초대장이 도착했습니다.]

현실로는 일주일의 시간.

공허의 수련장에서는 700일이 지났음을 알리는 메시지가 도착했다.

'초대장이 온 거면…… 벌써 700일이 지난 건가.'

700일이면 거의 2년이네.

성지한은 쓴웃음을 지었다.

'동방삭의 역천혼류, 수련장에 들어올 때만 해도 금방 풀 수 있을 것 같았는데…….'

예상보다 시간을 너무 많이 써 버렸다.

그래도, 이것을 풀어내면서 얻은 것은 적지 않았으니.

[무혼이 3 오릅니다.]

역천혼류를 파훼해 나갈 때마다 올라가던 무혼은, 어느새 450에 도달해 있었다.

웬만한 무공의 수련으로는 그리 오르지 않던 무혼이었지만.

역천혼류의 파훼는 무혼을 성장시키기에 충분한 수련 과제였다.

'무혼은 반갑지만, 대신 공허가 너무 많이 올랐네.'

업그레이드된 공허의 수련장.

시간 배율을 100배로 조절할 수 있는 건 좋았지만.

어떤 맵을 소환해서 플레이하든 공허의 기운이 흘러나와서 성지한에게 저절로 흡수되었다.

'그나마 200 이상으로는 오르지 않아서 다행이지만…….'

200이 되자, 더 이상은 성지한의 몸으로 들어오지 않던 수련장의 공허.

그래서 700일간을 문제 없이 머물 수 있었지만, 여기서 나중에 공허가 더 늘어나기라도 한다면 문제가 될 것 같았다.

'일단은 나가야겠군.'

나중 일은 나중에 생각하기로 하고.

성지한은 700일을 머물렀던 공허의 수련장을 떠났다.

그렇게 돌아온, 지구.

'오랜만에 오니 공기가 다르네.'

성지한은 자신의 방에서 호흡을 해 보곤, 밖으로 나섰다.

그러자 거기엔.

"지한! 오셨군요!"

"엇. 삼촌……! 복귀한 거야?"

소파에서 이야기를 나누던 윤세아와 소피아가 자리에서 일어나 그를 반겼다.

"어. 수련하는 게 잘 안 풀려서 좀 있었지."

"그, 재생 속도 백배속짜리 영상 봤어요. 스트리밍 때는 백배로 고정되어 있던데……."

"맞아. 나중에 영상 등록되고 나서야 속도 조절할 수 있더라."

"아, 그거. 공허의 수련장이랑 여기랑 시간 차이가 100배라 그래."

와그작.

성지한이 테이블 위에 놓인 과자를 먹으며 태연히 말했지만.

두 사람은 그 말의 의미를 깨닫고는 깜짝 놀랐다.

"어, 그럼 일주일 있었으니까…… 헐. 그럼 700일 있었던 거야?"

"7, 700일이요? 아니 그 오랜 시간 동안 어떻게 거기서 있으셨어요?"

"700일이나 지난 줄은 몰랐죠. 수련이 안 풀리다 보니, 시간만 쭉 갔네요."

"와…… 삼촌 근데 하나도 안 늙었네. 그냥 똑같은데?"

"2년 가지고 뭘 늙냐."

성지한은 피식 웃고는, 소피아 쪽을 바라보았다.

"소피아, 혹시 후원 성좌에게 이야기 온 건 없었습니까?"

"아, 후원 성좌님 말인데요……."

소피아는 어두운 안색으로 말을 이어 갔다.

"잔 다르크님께서 갑자기 후원을 해지하시고, 성화도 반 이상 가져가셨어요."

"성화도요?"

"네…… 능력을 회수해 미안하다면서, 신성력을 대신 올려 주시긴 했지만요. 그래서 그런지 성화 버프도 효과가 상당히 반감되었어요."

"흠……."

무신의 종 중에선, 성지한에게 가장 협조적이었던 피티아.

한데 저번 왕위 계승식에서 군림 성좌로 그녀가 나왔을 때부터 뭔가 이상하더라니.

게임이 끝난 이후에 보이는 행보도 영 미심쩍었다.

'그래도 그동안은 상당히 도움이 되었는데 말이지.'

투성의 돌아가는 사정도 첩자처럼 알려 주고.

서해의 구궁팔괘도도 찾아 준 게 바로 그녀 덕 아니었 던가.

아소카가 나타나기 전만 해도 상당히 협조적이었는데, 그때 이후로 뭔가 하는 행동이 이상하군.

성지한은 곰곰이 생각하다가, 소피아에게 말했다.

"성화가 조금 남았다고 했죠? 그것 좀 다시 한번 볼 수 있겠습니까."

"아, 네. 보여 드릴게요."

화르르륵!

소피아의 손에서 타오르는 백색의 불꽃.

그것은 예전에 사용한 것에 비해, 훨씬 미약해져 있었다.

"잠시."

스으윽.

성지한은 불꽃에 손가락을 집어넣어 이를 살펴보았다.

'성화가 혹시 적과 연관이 있나 했는데, 그렇지는 않군.'

신성력과 불의 기운이 어우러진 성화.

그 안에서도 이질적인 느낌이 살짝 들긴 했지만, 스탯 적과는 연관성이 없어 보였다.

이래서야, 이걸 회수한 이유는 아직 모르겠군.

그렇게 얼마나 살폈을까.

"아, 이젠 더 이상 유지할 수가 없어요……."

피시시시……

성화가 소피아의 손에서 저절로 꺼졌다.

"성화가 이렇게 약해지니, 버프 효과도 크게 반감되었어요. 어제도 매칭된 게임에서, 원래의 성능보다 버프 효과가 너무 안 나와서 패배해 버렸다니까요?"

"성화 버프의 효과가 워낙 좋았으니…… 적응할 때까지는 시간이 좀 걸리겠군요."

"네, 그래서 말인데."

소피아는 성지한을 빤히 올려다보았다.

"저 후원 성좌 자리 비었는데, 지한이 성좌 해 주시면 안 돼요?"

"전 성화 공급을 못 합니다만."

"에이 성화는 상관없어요! 저번에 인류의 진화 미션 때 지한의 후원 못 받아서 얼마나 아쉽던지…… 거기에 지한에게 후원받은 사람들이 요즘 능력이 강해졌다고, 얼마나 자랑하고 다니는데요!"

"능력이 강해졌다구요? 아."

그러고 보니 왕위 계승식을 했었지.

성지한은 수련하느라 잊고 있었던 군림 레벨 증가를 떠올렸다.

'근데 2레벨이 오르긴 했지만, 어차피 성좌 특성 OFF 상태라서 플레이어들에겐 크게 체감 효과는 없을 텐데…….'

그래서 혹시 뭐 새로운 기능이 추가되었나 성좌 메뉴를 살펴보았지만, 딱히 그런 건 없었다.

"성좌 능력이 오르긴 했지만, 아직 정식 성좌가 아니라

서 일반 플레이어에게 크게 체감되는 혜택은 없을 텐데
요. 그런데도 저에게 후원받고 싶습니까?"

"네! 당연하죠! 혜택 없어도, 꼭 성지한 성좌님 밑으로
들어가고 싶어요!"

"소피아는 능력치 깎여도 후원받고 싶어 할걸……."

"당연하지!"

소피아가 그렇게 후원받겠단 의지를 강력하게 드러내
자, 성지한은 고개를 끄덕였다.

"좋습니다. 그럼 바로 이 자리에서 하죠. 후원."

그렇게 일사천리로 진행된 성좌 후원.

"와! 진짜 됐다!"

소피아는 자신의 상태창 후원 성좌 칸에서 성지한 이름
이 나오자, 기쁨의 탄성을 내질렀다.

"딱히 체감은 안 되죠? 제가 성좌가 되어도."

"아뇨! 일단 기분이 너무 좋은걸요! 성화도 다시 지필
수 있을 거 같아요!"

그러면서 다시 손바닥을 펴는 소피아.

피시시시…….

하나 손 위에선 하얀 연기만 올라올 뿐이었다.

"굳이 무리 안 하셔도 됩니다."

"아뇨, 잠시만요!"

손바닥을 부들부들 떨 정도로, 전력을 집중하는 그녀.

그렇게 힘을 불어넣은 지 얼마나 지났을까.

파직. 파직.

소피아의 손바닥에서 스파크가 튀더니.

화르르륵…….

또다시 불꽃이 올라오기 시작했다.

"어. 돼, 됐어요! 색이 좀 붉긴 한데……."

완연한 백색이었던, 조금 전 성화에 비하면.

붉은빛이 강하게 감돌고 있는 소피아의 성화.

성지한은 이를 유심히 살펴보았다.

'……이번엔 적의 기운이 조금 느껴지네.'

성좌가 성지한으로 바뀌어서 그런지, 적의 기운을 미약하게나마 품고 있는 소피아의 불꽃.

하나 그 성화 속에는 적의 기운뿐만이 아니라, 여러 힘이 혼합되어 있었다.

성지한이 이를 자세히 살펴보려던 때.

[특별 아레나가 곧 시작합니다.]

[아레나의 초대장을 열어, 소환에 응해 주십시오.]

그의 눈앞에 곧 아레나가 시작할 거라는 메시지가 떠올랐다.

'성화에 대해선, 나중에 계속 살펴봐야겠군.'

성좌가 바뀌어서 적의 기운이 느껴지는 건지, 아니면 원래 숨겨져 있던 게 드러난 건지.

이에 대해서는 아레나가 끝난 후 알아보기로 하고, 성지한은 인벤토리를 열어 아레나의 초대장을 꺼냈다.

"뭐야, 그 황금 티켓은?"

"아레나 초대장이래."

"아레나?"

"어, 갔다 올게."

성지한의 말이 끝나기가 무섭게.

번쩍!

초대장에서 빛이 반짝이더니, 그의 신형이 사라졌다.

"아니, 거기서 700일 있었는데 좀 쉬었다 가지……!"

집에 오자마자 또 아레나라니.

윤세아는 걱정스러운 눈빛으로 성지한이 사라진 자리를 보았다.

어쩔 때 보면 삼촌, 너무 쫓기듯이 사는 거 같단 말이야.

"에휴……."

그녀는 한숨을 쉬며, TV를 켰다.

"삼촌 아레나 경기는 배틀튜브에서 중계하겠지? 소피아, 같이 볼래?"

"좋아."

그리고 둘의 예상대로.

성지한 채널에선, 바로 영상이 올라오기 시작했다.

* * *

[스페이스 아레나에 오신 플레이어를 환영합니다.]

아레나로 소환된 성지한은, 먼저 주변을 살펴보았다.

'여긴 관객석이 뒤쪽에만 있네.'

전방과 좌우 측은 탁 트인 황무지고.

뒤편에만 경기장 관객석이 있는, 특이한 형태의 맵.

그리고 관객석 앞쪽에는 커다란 크리스탈이 세 개 놓여, 허공에 둥둥 떠 있었다.

[특별 아레나, '보스 러시'가 시작됩니다.]

[적이 크리스탈에 닿지 않도록, 상대의 접근을 저지하세요.]

[경쟁자보다 더 많은 보스를 쓰러뜨린 쪽이 승리합니다.]

번쩍! 번쩍!

시스템 메시지가 끝나자마자, 허공에 떠오르는 커다란 화면.

그건 20개로 칸이 나뉘어, 성지한이 지키고 있는 경기장과 동일한 풍경을 비추고 있었다.

다른 건, 관객석 앞에 서 있는 플레이어뿐.

'20인의 플레이어와 경쟁하는 건가.'

게임 맵 타입은 디펜스랑 흡사하겠어.

그는 분할된 화면에서 경쟁 플레이어들의 모습을 바라보곤 그리 생각했다.

보스들을 막아 내면서 크리스탈을 지키면 되는 거겠지.

'방식 자체는 간단하군.'

배틀넷을 오래 플레이한 경험으로, 성지한은 이번 게임이 어떻게 돌아가는지 대강 파악했다.

하지만, 아무래도 아레나 맵에 특별이 붙었으니까 뭔가 변수가 있지 않을까.

'어디.'

성지한은 외계의 채팅창을 띄워 보았다.

−보스 러시…… 이게 이번 특별 아레나인가 되게 오랜만이네.

−이거 성좌들이 참가하는 게임일 텐데? 성좌 후보자가 여길 어떻게 나오냐?

−성지한도 군림 성좌에게 왕위 계승식을 치렀으니 참가 자격이 있겠지.

−그래서 GP 이놈한테 걸면 되냐?

−아무리 그래도 성좌한테 안 걸고, 성좌 후보자한테 걸자고…….

−관리자들의 관심을 샀다고 해도 너무 올려치긴데 그건;

−그런 식으로 생각했다가 돈 털린 애들이 여기 수두룩하다.

성좌급이 되어야 참가 가능하다는 보스 러시.

베팅이 얼마든지 가능한 아레나 맵이라 그런지, 시청자

들은 GP 거는 거에만 관심이 집중되어 있었다.

관리자의 관심을 샀던 성지한에게 걸어 볼 것인가.

아니면 역시 안정적인 성좌에게 걸 것인가.

초반에는 그거 가지고 열띤 토론이 벌어졌지만.

−성지한 출신 종족이 하급 종족인 거 잊었음?

−쟤가 소환할 만한 플레이어가 얼마나 쓸모 있겠냐.

−아무리 성지한 역베팅 했다가 무너졌다고 해도 이번 게임은 아니지…….

−그러니까 여긴 성좌가 자기 부하들 소환해야 깨는 맵임.

−그러면 이번에야말로, 성지한 역베팅이 맞겠네.

일부 시청자들이 보스 러시의 게임 방식에 대해 알려 주자.

여론은 이번에야말로 성지한을 베팅하지 말아야 한다는 게 대세가 되었다.

'이 게임에선 성좌가 부하를 소환한다고?'

그런 게임 방식이면, 확실히 이쪽이 불리하겠군.

현재 성지한이 후원하는 플레이어 중, 가장 강한 이가 이제 마스터 리그에 들어선 윤세진이었으니까.

[성좌의 경우, 이곳에서 후원 플레이어들을 소환할 수 있습니다.]

그리고 소환이 가능하다는 시스템 메시지가 떠오르자, 성지한은 후원 플레이어 중 후보군을 생각했다.

'흠…… 막상 불러도 매형 정도 빼곤 큰 도움은 안 될 것 같은데.'

비록 성지한이 후원하는 플레이어들이 지구에서는 다들 한 가닥 하는 사람들이긴 했지만.

이런 성좌가 참여하는 맵에 소환되기엔 실력이 부족했다.

'괜히 발목 잡히느니, 아예 소환을 안 하는 게 나을지도.'

성지한이 그렇게 자신이 후원하는 플레이어들을 냉정히 평가하고 있을 때.

띠링!

그의 눈앞에 시스템 메시지가 떠올랐다.

[일반 퀘스트]

-후원 플레이어를 5인 이하로 소환하여, 보스 러시 3단계까지 도달하라.

보상 - 레벨 2 상승

5명 이하만 소환해서, 3단계까지 가라는 일반 퀘스트.

그리고 이런 일반 퀘스트는, 계속해서 단계만 바꿔서 나오더니.

[일반 퀘스트]

−후원 플레이어를 5인 이하로 소환하여, 보스 러시 10단계까지 도달하라.

10단계를 끝으로 퀘스트 부여가 멈추었다.

모두 다 중복해서 받을 수 있는 퀘스트.

'8개니까 10단계까지만 가면 레벨 16이 오르겠군.'

이래서 레벨 업 시켜 주는 맵이라고 한 건가?

어차피 부를 만한 플레이어도 별로 없었는데 잘됐네.

성지한이 그렇게 5명 이하로만 플레이어를 소환해야겠다고 생각할 때.

[에픽 퀘스트]

−혼자서, 보스 러시를 클리어하라.

일반 퀘스트 맨 아래로, 에픽 퀘스트가 떠올랐다.

'혼자 클리어라. 이건 나한텐 딱히 제약이라고 할 수 없네.'

어차피 일반 퀘스트를 깨기 위해서, 플레이어를 5인 이하로만 소환하려고 했으니.

5인이나 혼자나, 실상 전력은 거기서 거기겠지.

다만 걸리는 것은.

'마지막으로 받은 일반 퀘스트는 10단계까지 가라고 했는데, 에픽 퀘스트는 클리어를 요구했군.'

〈72〉 2레벨로 회귀한 무신 18

보스 러시 클리어.

이거 하려면 미션 몇까지 가야 하는 거지?

성지한은 띄워 놓은 외계의 채팅창을 보며 입을 열었다.

"보스 러시…… 이거 몇 단계까지 있습니까?"

-단계 끝이 없을 텐데?

-내가 본 건 14단계까지였음.

-6단계 이상부터는 나오는 보스 수준이 차원이 달라서…….

-어차피 같이 참가한 애들이 지면 클리어하는 시스템 아닌가?

성지한의 물음에 나름대로 친절하게 답해 주는 외계인들.

그들의 말을 종합해 보면, 20인의 플레이어 중 마지막까지 살아남는 생존자가 보스 러시를 클리어하는 것 같았다.

'어쩌면 경쟁상대의 수준에 따라, 10단계 가기 전에 끝날지도 모르겠군.'

그렇게 되면 일반 퀘스트가 더 힘든 건가?

성지한은 그리 생각하며, 에픽 퀘스트를 다시 한번 살펴보았다.

'근데 여긴 보상이 나타나 있질 않네. 예전엔 안 이랬는데.'

일반 퀘스트에선 레벨 업 보상이 있었던 데 반해.

에픽 퀘스트는 보상 칸이 아예 존재하질 않았다.

예전에 받았던 에픽 퀘스트에선, 분명히 보상 칸이 있었는데 이상하군.

성지한은 퀘스트 창을 가만히 바라보다가.

'그래도 일단은 수락하자.'

예를 눌렀다.

그러자 총 일반 퀘스트 8개에, 에픽 퀘스트 1개까지.

이번 보스 러시 미션 한 번으로 퀘스트 9개를 치르게 된 성지한.

[5분 후, 1라운드가 시작됩니다.]

후원 플레이어 소환을 하라는 것인지, 게임 시작 전 시간이 5분이나 주어졌다.

그리고 메시지가 사라지자.

번쩍! 번쩍!

경쟁 상대의 경기장을 보여 주는 화면 속에서.

상대 플레이어들이, 전력을 아낌없이 소환하기 시작했다.

─어…… 경쟁 상대들은 엄청나게 플레이어들 소환하네.

─와, 거의 군단인데?

─여기 맵 왜 이렇게 큰지 알겠다 ㄷㄷ

─성지한 님도 후원자 많은데 플레이어들 소환해야 하지 않나요…….

－도움이 될까? 발목만 안 잡음 다행일 텐데 ㅋㅋㅋㅋ
－없는 것보단 낫지 그래도;

플레이어들을 소환해야 하지 않냐고 성지한을 걱정하는 인류 시청자들.
하지만.
"사정상, 이번엔 혼자 하게 되었습니다."
성지한은 태연한 얼굴로 그리 말했다.

－뭐?? 혼자??
－아니 장난함? 너 믿고 GP 몰빵했는데……??
－미친놈인가? 성좌 후보자한테 몰빵을 하네 ㅋㅋㅋ
－애초에 성좌도 아닌데 후원 플레이어가 없지 않나? 후보자잖아.
－ㄴㄴ 얘는 좀 다르더라고 후원 플레이어도 있었음.
－그래? 근데 왜 소환 안 함?
－그러게 인류 종족이 아무리 성능이 구려도 고기방패로라도 던지면 이득인데…….
－ㅇㅇ 마지막에 그 몇 초 차이로 순위가 갈리는데 그걸 안 하네.

성지한의 대답에, 인류보다 더 격앙된 반응을 보이는 외계의 존재들.
아무래도 GP를 건 게 있어서 그런지, 성지한보고 뭐

하는 짓이냐고 성토하는 채팅이 많았다.

성지한은 그런 채팅을 쭉 보다가.

"그러고 보니…… 여기 셀프 베팅 됩니까? 어디 있나요?"

후원 플레이어 소환 요구는 무시하고, 오히려 베팅 쪽에 관심을 보였다.

–이미 게임 시작해서 안 됨.

–1라운드 진입 전에 했어야지.

–아레나 항목에 가 보기나 해 봐. 출전자는 다를지도 모르니까.

외계의 존재들에게 이야기를 듣고, 시스템의 아레나 항목에서 성지한은 베팅 항목을 찾아보았다.

"오, 아직 되네요?"

1라운드 시작 직전이라 베팅이 안 될 줄 알았는데, 아직까지는 기회가 열려 있는 아레나의 베팅.

성지한은 자신의 배당률을 살펴보았다.

"배당률 70배…… 제가 꼴찌네요."

20명 중에선 당당히 승리 가능성 꼴등을 차지하고 있었다.

–성지한이 70배?

–와 ㅋㅋㅋ 지구에선 배당 없는 수준인데 ㅋㅋㅋ

–외계인들 개꿀이네. 돈 손쉽게 버네…….

-나도 성지한한테 돈 걸고 싶다······. 가장 돈 벌기 쉬운 길인데.

-배틀넷 베팅 사이트에선 이거 안 뜨더라.

-빨리 아레나 도입 좀 해 줘 ㅠㅠ

70배 배당률을 보고 부러워하는 사람들.

인류는 성지한한테 걸어서 실패한 경험이 없었다 보니, 이런 기회가 너무 아깝게 느껴졌다.

-플레이어 하나도 소환 못 하는 성좌 후보잔데도, 배당률 70배밖에 안 됨? ㅋㅋㅋㅋ

-이게 다 관리자가 관심 보여서 그런 거야 원래는 200배 나와야 해.

-베팅 수정은 왜 안 되는 거야 1라운드 시작 안 했잖아!!

-성지한은 GP 걸 수 있는데 베팅 수정은 안 되는 게 황당하네······.

-성지한 빨리 걸어라 같이 망하자······!

성지한에게 절대적인 믿음을 지니고 있는 인류와는 달리, 이미 패배를 확신하는 외계의 존재들.

성지한은 자기도 돈을 걸라는 채팅을 보고, 씩 웃었다.

"저도 GP 걸라구요? 좋아요. 이번 기회에 GP 좀 복사해야겠네요."

어차피 모아둔 GP, 요즘 쓸 일도 없었는데.

성지한은 GP를 최소한으로만 남겨 두고 모조리 자신한테 셀프 베팅했다.

다른 쪽에서는 한참 플레이어들을 소환하면서 방어진을 치고 있을 때.

여기선 유유자적하게 돈이나 걸면서 5분 지나길 기다리는 상황.

-이건 답 없네 진짜…….

-와 군림 성좌 왜 이렇게 많아…… 500명 이상 플레이어 소환한 곳이 10개가 넘네.

-독존 성좌들도 혼자 안 있고 50명씩 소환해서 다니는데, 얘는 왜 군림인데 혼자 있는 거임?

-아 사정이 있다잖아 ㅋㅋㅋ

성지한에게 베팅한 이들이 그렇게 패배를 직감하고 있을 때.

[1라운드가 시작됩니다.]

게임이 시작되었다.

* * *

보스 러시가 시작되고, 한중간.

거대한 괴물의 앞에 서 있던 성지한은 태연히 입을 열었다.

"5단계까지는 약하다고 했나요?"

그러곤, 그의 검이 한 번 움직이자.

치이이익!

거대한 괴물의 육신이 타오르더니, 곧 사방으로 터져 나갔다.

그러고는 떠오르는 메시지.

[5라운드를 클리어했습니다.]
[일반 퀘스트 '보스 러시 5단계'를 클리어했습니다.]

"진짜 약하네요."

그는 폭발을 거듭하는 괴물의 육신을 보며, 여유롭게 뒤로 물러섰다.

−와…… 또 이겼네?

−이긴 게 문제가 아님. 보스가 나오자마자 원샷원킬로 쓸어버리고 있음;

−경쟁 성좌들도 셋 정도 탈락했는데, 혼자서 다른 게임 하네…….

−뭐 볼 때마다 세지는 거 같다…….

5라운드까지 진행된 보스 러시.

여기서 나온 상대는, 광활한 맵 스타트가 이해가 될 만큼 거대한 존재들이었지만.

'700일의 수련이 헛되지 않았군.'

역천혼류를 파훼하며, 무혼이 급상승한 성지한은 이 정도 적 정도는 기본 무공만으로도 손쉽게 보낼 수 있었다.

경쟁 플레이어들이 열심히 소환한 플레이어들과 함께 보스랑 혈전을 벌이고 있을 때.

"이야…… 2번 탈락하겠는데요?"

성지한은 다리를 꼬고 누워서 경쟁 상대의 경기를 감상하고 있었다.

-키야 여유 봐라 혼자서 게임 끝내 놓고 누워 있네.

-역시!! 믿고 있었다고!! 관리자의 관심을 받는 플레이어는 역시 다르다니까?

-왜 성지한한테 돈 안 걸었어요? 여러분들 눈 없나요?? GP가 그렇게도 많나요??

-조금 전만 해도 파산이라고 징징거리던 놈들이 기세등등해졌네 ㅋㅋㅋ

성지한의 무력을 보고, 조금 전과는 180도 태세가 달라진 외계인들.

-그래도 6라운드 되면 달라진다.

-그때가 진짜지…… 두고 보세요, 좀.

－진짜가 와 봤자 지금까지 게임 못 끝낸 애들이 먼저 죽겠음, 누워서 쉬고 있는 성지한이 먼저 죽겠음?

　－아니 크리스탈을 지키는 거라서 제물로 던져 줄 사람도 없는 성지한이 불리할 수 있어.

　－됐고 GP 다 가져갈 테니 빨랑 내놓기나 하세요.

　－그니까 왜 이렇게 못 끝냄?? 성지한은 10초 컷 했는데??

　'지들이 더 신났네.'

　성지한은 자기한테 돈 건 외계인들이 날뛰는 걸 보곤 피식 웃었다.

　돈 앞에선 종족불문 다 눈 뒤집히는 건 똑같구나.

　그렇게 혼자 5라운드를 끝내 놓고, 다른 플레이어가 게임 하는 걸 지켜보던 그는.

　콰콰쾅!

　"이제 끝났군요."

　화면 속에서 경쟁 플레이어의 크리스탈이 부서지는 광경을 보고, 자리에서 일어났다.

　'2명이 더 탈락했으니, 14명 남았네.'

　성지한 포함 15명만 남은 보스 러시.

　처음에 비하면, 벌써 1/4이 탈락한 상태였다.

　그리고.

　[6라운드가 시작됩니다.]

[강력한 적이 출현합니다.]

바로 시작된 6단계.
슈우우우우…….
경기장 너머에서, 거대한 보랏빛의 소용돌이가 생성되더니.
그 안에서 거대한 전류가 파직파직 피어올랐다.
그러고는, 그 위로 떠오르는 메시지.

[6라운드의 보스, '뇌신'입니다.]

'뇌신?'
상대가 뇌신이라니.
성지한은 두 눈을 가늘게 떴다.
'그는 이미 사라지지 않았나.'
뇌신은 자신의 신왕좌를 지키기 위해 버티다가 무신에게 완벽히 제압당했고.
뇌신의 우두머리만이 도망쳐서 적뢰를 통해 새로운 존재가 되려 하다가.
결국엔 성지한에게 숨어들어, 그를 집어삼키려 들었지.
'그러다가 고엘프랑 같이 터져 줬지. 참 도움이 많이 되는 녀석이었어…….'
몸을 바쳐서 자신을 도와줬던 뇌신의 우두머리, 적사자

를 떠올리며 잠시 추억에 잠겨 있던 그는.

지지지직······.

저 멀리에서 전기가 심상치 않게 피어오르자 그쪽을 바라보았다.

전류가 한데 모여서, 거대한 형상을 만들어 내고.

쿵! 쿵!

형체를 어느 정도 갖춘 보스 '뇌신'은, 보랏빛 소용돌이에서 완전히 나왔다.

'이놈도 사자네.'

상대는 푸른 전류와, 보랏빛의 공허가 혼합되어 섞여 있는 거대한 사자 형상.

−아니······ 6라운드 되자마자 뇌신?

−강력한 적이 나온다고 했다지만 이건 너무 심한데;

−이번엔 좀 위험할지도 모르겠는데.

−아 고기방패 소환하지······ 아쉽네.

신 중에서도 강력한 존재로 이름났던 뇌신이 나타나자, 긴장하기 시작하는 시청자들.

쿵! 쿵!

거대한 사자는 한 발, 한 발 성지한의 크리스탈 쪽을 향해 걸어가다가.

시선을 아래로 내렸다.

사자가 본 것은, 자신에 비하면 너무나도 미약한 존재

에 불과한 성지한.

하나.

[너…… 설마…….]

지지지직……!

성지한을 본 그가, 전신에서 사방으로 전류를 뿜어내기 시작했다.

[서, 성지한이로구나!!]

"응?"

[네, 네놈을 여기서 만나다니!!]

자신을 보면서 극도로 분노하는 거대 사자.

성지한은 그 반응을 보면서, 상대가 누군지 알 수 있었다.

"너 뇌신의 우두머리지? 네가 어떻게 여기 있냐? 분명히 폭사해서 죽었을 텐데?"

[크르르르……! 네놈 때문에, 여기 끌려오게 되지 않았느냐!]

"나 때문에?"

[……죽인다. 죽인다 너만은!]

성지한을 보고 극도로 분노를 표출하는 뇌신의 우두머리.

[크롸아아아!!]

파지지직!

성지한을 향해 강렬한 벼락이 셀 수 없이 쏟아졌지만.

휙!

성지한이 봉황기를 뻗자, 뇌신의 벼락은 그 안으로 모

조리 빨려 들어갔다.

[뭣…….]

"너 죽었을 때에 비해서, 나도 많이 성장했거든. 근데 넌 더 약해졌네."

[크, 크윽……!]

파지지지직!

성지한의 말에 분노를 참지 못하고 전류를 방출하는 뇌신.

하지만, 그의 발악은 성지한에게 그다지 감흥이 없었다.

지금 나온 뇌신은.

무신에게 대항했을 때에 비하면, 훨씬 약했으니까.

"6라운드도 별거 없네. 빨리 끝내자."

하품을 하면서 다가오는 성지한.

하나 그의 여유로운 모습과는 달리.

지지지직……!

검과 창이 한 번 움직일 때마다, 뇌신의 육체는 뭉텅이처럼 사라져나갔다.

[뭐, 뭐 이리 강하단 말인가!?]

"700일 수련해서 좀 세졌어."

[700일…… 겨우 그거 가지고? 날, 어디까지 기만하려는가……!]

"진짜야."

촤아아악!

검이 움직이자, 갈라지는 뇌신의 몸뚱어리.

나오자마자 제압당하게 생기자, 그는 황급히 고개를 공허의 소용돌이쪽으로 돌렸다.

　[공허여……! 소멸을 받아들이겠다! 그러니, 이자에게 한 번만 전력을 다하게 해 다오!]

　그 말에, 잠시 멈춘 공허의 소용돌이.

　그리고 곧.

　[뇌신의 제안을 받아들이시겠습니까?]

　성지한의 눈앞에 보랏빛의 메시지창이 떠올랐다.

　　　　　　　＊　　＊　　＊

　'보랏빛 메시지창이면 공허에서 메시지를 보낸 건가.'

　뇌신이 온전한 모습으로 나오려면, 아무래도 상대의 동의가 있어야 하나 보군.

　성지한은 눈앞에 뜬 메시지창을 바라보며 말했다.

　"전 재산을 베팅했는데…… 내가 리스크를 짊어져야 할 필요가 있을까?"

　[하, 겁나는 것이냐?]

　파지지직!

　그 말에 성지한의 손을 떠나, 빠르게 날아가는 봉황기.

　불꽃을 머금은 창은, 거대 사자의 몸통을 그대로 꿰뚫었다.

[이, 이놈…… 뭐냐, 이건. 적뢰도 아니고……!]

"본체로 와 봤자 치욕만 당할 텐데. 그냥 여기서 죽는 게 낫지 않겠어?"

[고, 공허여…… 뭐 하는가! 빨리, 본신을 모두 소환하게 해 다오! 뇌신의 이름으로 약속하겠다. 이놈을 죽이고, 소멸을 받아들이겠다!]

"나 죽여 봤자 어차피 여기 게임이라, 멀쩡하게 돌아가는데."

[큭…… 그거야 나도 안다. 그래도, 죽이고 싶다. 네놈 때문에, 공허로 끌려들어 갔으니……!]

성지한은 분노를 표출하는 사자를 보면서 피식 웃었다.

애초에 뇌신이 몰락한 건 방랑하는 무신이 쳐들어와서 그런 건데.

그놈한테는 어떻게 반항할 수가 없으니, 엄한 나한테 화풀이하네.

[뇌신의 제안을 받아들이시겠습니까?]

그때, 또 한 번 보랏빛의 메시지창이 떴다.

"저놈 본체 오면 뭐 줄 건데."

안 그래도 에픽 퀘스트도 보상 칸에 내용이 없어 찜찜했는데.

이거까지 보상도 안 보고 수락할 수는 없지.

성지한의 말에, 메시지 아래에 내용이 추가되었다.

[뇌신의 제안에 응할 시, 종족 보너스가 2개 부여됩니다.]
[더 나아가 뇌신을 제압할 시, 종족 보너스가 2개 더 추가됩니다.]

부르기만 해도 2개를 주고, 제압하면 총 4개라.
'그러고 보니 아레나에서 종족 보너스를 많이 줬었지.'
이 정도면, 나쁘지 않네.
"종족 보너스라…… 좋네. 불러."
성지한의 허락이 떨어지자.
스으으으으…….
보랏빛 소용돌이가 크게 확장하더니.

['뇌신'이 플레이어 성지한의 경기장으로 집중됩니다.]

지지지지직!
그 안에서 수천, 수만의 벼락이 치며 사자의 몸을 강화하기 시작했다.
그리고 이와 동시에.

─어…….
─다른 쪽 뇌신은 사라졌는데?

-이쪽으로 다 집중됐나 봐 ㄷㄷ

  뇌신에게 한참 밀리고 있던, 다른 경기장에서는 보스가
다 사라져 버렸다.
  경쟁 플레이어 입장에선, 6경기를 꽁으로 먹게 된 셈.

  -야야야야야 뭐 해!!
  -지금 압도적 1등 달리고 있는데 갑자기 미쳤어?? 왜
뇌신이랑 싸워??
  -종족 보너스를 주나 본데? 그러면 보상 나쁘진 않은
데…….
  -종족 보너스? 아니 성지한 이놈도 자신한테 지 돈 걸
었잖아! 인류 같은 하급 종족 업그레이드시켜 준다고 GP
를 포기할 셈이냐??
  -GP 얼마 안 걸었나 보지. 종족 보너스 확실히 받을
수 있으면 그게 이득 아님?

  "전 재산 다 걸었는데요."
  채팅을 보며 성지한이 대꾸하자, 그에게 GP를 건 외계
인들이 더 난리를 치기 시작했다.
  한편.

  -헐, 종족 보너스를 위해 전 재산을 포기한 거임? ㄷㄷ
  -와…… 대체 어디까지 인류를 케어해 주시는 겁니까…….

-진짜 각 나라 수도에 성지한 동상 세워야 한다.

-ㄹㅇㅋㅋ 지금 수명 늘어나 몸도 건강해져 순위도 상위권이야 인류가 대체 혜택받은 게 몇 개야.

-동상뿐이냐, 지금 GP 잃은 것도 각 나라에서 보충해줘야지.

인류 시청자들은 성지한이 종족 보너스를 위해 전 재산을 포기했다고 여기곤, 채팅이 찬양 일변도로 변하고 있었다.

거기에 그에게 당연히 GP를 보상해 줘야 하는 거 아니냔 의견까지 대세가 되어 가는 상황.

"왜 다들 질 거라 생각하는지 모르겠네."

성지한이 채팅을 보면서 고개를 갸웃하자.

[당연하지……!]

지지지직…….

거대 사자의 모습을 한 뇌신이, 전류를 번쩍이며 강렬하게 빛을 뿜어내었다.

다른 곳에 파견되었던 19개체가 더 합류한 뇌신의 모습은 공허의 소용돌이를 완전히 가릴 정도로 크고 화려하여.

그저 게임 내의 '보스'라고 보기보다는, 거대한 자연 재해 와도 같은 느낌을 주었다.

[뇌신이 진정한 힘을 찾았으니, 누가 네게 승산이 있다고 생각하겠나!]

파직, 파직……!

전류가 번뜩이는 거대한 사자.

하나 그 몸뚱어리의 일부에는, 공허의 기운이 짙게 물들어 있어 색이 통일되어 있지를 않았다.

마치 신체 이곳저곳에 커다란 점이 박힌 것 같은 뇌신의 상태.

[게임 종료 후, 인류에게 종족 보너스가 2개 부여됩니다.]

이게 뇌신의 전력인 건지.

게임 끝나고 종족 보너스를 주겠다는 메시지가 떠올랐다.

─이 정도면 10단계 이상 아닌가…….

─그럴걸? 애초에 뇌신이면 신 중에서도 강한 존재니까.

─상태 보니까 공허의 소멸도 아직 많이 진행되지 않았네 점만 찍혀 있고.

─공허에 빨려 들어가면 무조건 죽는 거 아니었음, 근데?

─신으로 인정받은 존재는 저렇게 공허 숙성 과정이 필요함. 신은 배틀넷에서 영생을 일단 허락받았으니까.

─아…… 그래서 자기가 소멸한다고 하니까 종족 보너스를 주는 거네.

그리고 그런 뇌신을 보면서 한창 분석을 하고 있는 외계인들.

확실히 얘들은 쓸 만한 정보를 많이 보여 준단 말이지.

성지한은 그렇게 채팅창을 보다가, 뇌신에게 시선을 돌렸다.

'공허의 기운이 스며든 쪽은, 뇌신의 약점이라고 봐도 되겠군.'

보랏빛 점 쪽에만 부자연스럽게 끊어져 있는 뇌신의 전류.

저게 없었다면, 뇌신의 힘은 지금보다 훨씬 강했겠지.

성지한이 이를 유심히 살피고 있을 때.

[드디어…… 드디어 죽인다!]

파지지지직!

사자의 몸에서 전류가 무한히 방출되었다.

광활한 맵을 새하얗게 물들이는, 압도적인 힘.

[역시 뇌신인가…… 이 정도면, 내가 본래의 힘을 되찾아도 쉽지 않겠어.]

성지한의 검, 이클립스로 있던 그림자여왕은 뇌신의 힘을 그렇게 평가했다.

군림 레벨 7까지 도달했던 그녀라 해도, 쉽지 않은 상대인 뇌신.

그만큼 공허 속에서 전력을 되찾은 그는 강력했다.

'힘 좀 써야겠군.'

[성좌 도달 레벨이 759로 낮아집니다.]

성지한은 성좌 모드를 켜고, 반가면을 꺼내 써 전력을 증폭시켰지만.

그럼에도, 일반적인 힘 대결에서는 저 벼락을 쉽게 쳐낼 수 없음을 잘 알았다.

뇌신의 공격을 막기 위해서는, 특별한 수단이 필요한 상황.

그의 머릿 속에서 가장 먼저 떠오른 것은 태극마검 중, 1단계인 태극이었지만.

'지금 여기서 태극을 불러올 순 없으니, 암혼와류로 대신한다.'

배틀튜브에 지금 온전히 생방송되고 있는 지금, 태극마검을 그대로 꺼내 쓰기엔 리스크가 너무 컸으니.

혼원신공混元神功

암영신결暗影神訣

암혼와류暗魂渦流

성지한의 검, 이클립스가 소용돌이치며 뇌신의 벼락을 빨아들이기 시작했다.

흑백으로 선명하게 색이 가닥가닥 갈린 소용돌이는.

비록 크기는 세상 전체를 물들인 벼락에 비해 미미했지만, 성지한을 효과적으로 보호하고 있었다.

[그래. 반항하라! 단번에 죽어 버리면 재미없지 않느냐!]

성지한의 암혼와류를 보고는, 오히려 기뻐하는 뇌신.

파지지직……!

그는 힘을 더욱 방출시키면서, 소용돌이까지 합쳐서 성지한을 무너뜨리려고 했다.

－이건 너무 압도적인데 ㄷㄷ

－뇌신은 신 중에서도 강한 존재임. 오히려 저게 뇌신의 전성기에 비하면 약해진 거지.

－큭, 종족 보너스…… 그거 때문에 우릴 배신하다니…… 용서하지 않겠다 성지한!!

－종족 보너스 벌어 가면 성공이지. 저건 GP로 사고 싶어도 못 사는데.

성지한이 나름대로 버티고는 있지만, 제 3자의 시선으로 보기에는 아무래도 뇌신 측이 압도적인 상황.

하지만.

슈우우우……!

금방이라도 전격의 파도에 파묻힐 것 같던, 성지한의 암혼와류는 오히려 점점 커져 가고.

뇌신의 전류는, 조금 전보다 더욱 **빠르게** 빨려 들어가고 있었다.

저벅. 저벅.

암혼와류를 방패처럼 든 채, 서서히 앞으로 걸어가는

성지한.

그를 본 뇌신이 으르렁거렸다.

[……꽤 반항하는구나.]

"단번에 죽으면 재미없다며?"

성지한의 대답에는 여유가 있었지만.

'역천혼류를 통해 수련하지 않았다면, 이미 무너졌겠군.'

겉으로 보이는 태도와는 달리, 그는 냉철하게 현 상황을 판단하고 있었다.

태극마검을 그대로 내보일 수 없기에, 이를 대신한 암혼와류.

소용돌이는 성지한이 감당 가능한 정도를 한참 넘어설 만큼, 많은 기운을 빨아들였지만.

이제는 슬슬 한계에 도달하고 있었다.

'한 번 내부를 청소해야겠는데.'

암혼와류 안에서 용솟음치기 시작하는 전류.

이대로 놔뒀다간, 이것이 그대로 역류해서 성지한의 몸을 단번에 태워 버릴 우려가 있었다.

성지한이 이런 내부를 한 번 정리하려고 할 때.

[공허가 1 오릅니다.]

[공허 한계치를 넘었습니다. 지금부터 플레이어의 육체가 공허에 잠식당할 수 있습니다.]

수련장에선 700일을 머물러도 200에서 더 오르지 않던 공허가.

반가면을 쓰고 얼마 지나지 않아, 1이 오르면서 성지한에게 경고 메시지를 보냈다.

메시지 내용으로 보아, 바로 공허에 잡아먹히거나 하는 건 아닌 거 같았지만.

'일단 수치를 낮춰야겠군.'

성지한은 올라간 공허를 컨트롤하기로 했다.

'마검을 뽑아 들 때처럼, 공허를 내부에 운용하면 수치가 줄어들겠지.'

아직 태극마검의 2단계에선, 검 손잡이밖에 못 뽑아 본 성지한이었지만.

그는 그때의 경험을 바탕으로, 공허를 감소시킬 방안을 떠올렸다.

스으윽.

전류가 파닥거리는 암혼와류 안으로, 이클립스를 집어넣은 성지한은.

'공허를 불어넣어, 검을 강화한다.'

소용돌이의 내부에 공허를 쏟아부었다.

[그, 그대여. 지금 뭐 하는 건가…….]

"좀만 참아. 더 강화시켜 줄게."

[이, 이게 강화라고? 내부에서 공허가 계속 폭발한다만……!]

"그러면서 세지는 거야."

[사, 살려다오……!]

"좀만 기다려 봐."

그림자여왕의 호소를 가볍게 무시한 채, 공허를 불어넣은 성지한은.

[공허가 5 감소합니다.]

공허 감소 메시지가 뜨고, 검에 강렬한 힘이 집중됨을 느꼈다.

'어느 정도 성공했군.'

이 정도면, 암혼와류의 안도 공허의 폭발로 여유가 생겨났고.

이클립스도 마검을 조금은 흉내 낼 정도가 되겠어.

그럼, 이젠 맞부딪쳐야 할 때.

"너, 검으로 태양을 삼키는 게 목표라 했지?"

[……그래.]

"그럼 저런 번개 맞은 사자 정도는 잡아먹어야겠지."

스으으으…….

암검 이클립스가 소용돌이에서 나오자.

애써 모여 있던 공허의 기운이, 단번에 폭발했다.

혼원신공混元神功

암영신결暗影神訣

암영신검暗影神劍

파아아아앗!

검에서, 순식간에 확산되는 어둠.

[뭐, 뭐냐…… 이건……!]

뇌신은 열심히 전류를 번쩍였지만.

파직. 파직. 파직……!

어둠은 빛을 가리고.

뇌신의 몸에 반점처럼 박혀 있는 공허가, 이에 호응했다.

[아니…… 이 공허…… 왜 날뛰는 거지……??]

"제 몸도 건사 못하는 게 무슨 뇌신이냐?"

[이, 이건 아니야! 아직 전력을 다하지 못했어……! 다, 다시……!]

"우리 이제 그만 보자. 그냥 죽어."

슈우우우우!

공허가 뇌신의 몸을 완전히 잠식하고.

사자의 발악은, 금방 어둠에 가려졌다.

[뇌신이 제압됩니다.]

[종족 보너스가 2개 더 추가됩니다.]

그리고 떠오르는 메시지.

성지한은 어둠에 완벽히 가려져 사라진 뇌신을 보며, 어깨를 으쓱였다.

"별거 없네요. 그죠?"

그때.

슈우우우우…….

뇌신을 소환했던 공허의 소용돌이가 마구 돌기 시작했다.

그것은 곧, 암영신검의 어둠을 빨아들이더니.

[흑색의 관리자가 당신의 검에 만족감을 드러냅니다.]

[그가 자신의 직권으로 다음 라운드에서 당신에게만 특별한 보스 몬스터를 소환합니다.]

어둠 속에서 메시지가 흘러나왔다.

'만족하면 보상이나 더 줄 것이지. 왜 특별 몬스터를 소환해 줘.'

성지한은 처음에 메시지를 보며 그리 생각했지만.

[특별 보스, '적색의 관리자의 손'이 나타납니다.]

다음 라운드에서 나올 보스 몬스터의 이름을 보고는, 눈을 깜빡였다.

3장

3장

-적색의 관리자…….

-그놈의 손이 왜 여기 있어?

-와 이건 또 무슨 일이래 ㄷㄷ

-이 채널은 무슨 관리자 특집 채널이냐?

특별 보스 이름이 배틀튜브에 뜨자, 외계의 채팅창에는 난리가 났다.

적색의 관리자.

관리자의 임기가 끝났음에도, 관리자 직을 내려놓지 않고 잠적한 존재.

그리고.

'무신, 그리고 아소카와 어떤 식으로든 연관이 있어 보이는 관리자지…….'

애초에 인류를 한계가 없도록 설정한 이들도, 적의 일
족이었으니.

적색의 관리자는,

'한데 손만 남았다는 건, 도망치던 와중 저거만 잘려 공
허에 파묻힌 건가.'

성지한은 팔짱을 낀 채 전방을 주시했다.

공허의 소용돌이가, 점점 검은색으로 변해 가더니.

화르르르……!

그 안에서, 불타오르고 있는 손이 튀어나왔다.

'주먹을 쥐고 있군.'

손의 크기 자체는 성지한보다 조금 큰 정도로, 압도적
인 형체를 자랑했던 뇌신에 비하면 존재감이 미미한 상
태.

하나 그는 긴장감을 놓지 않고, 적색의 관리자의 손에
천천히 다가갔다.

손은 인간의 것과, 파충류의 것을 섞은 듯한 느낌으로.

비늘 같은 게 불타는 손등 위로 오돌토돌 나 있었다.

−저게, 관리자의 손…… 생각보다 별거 없다?

−적색의 관리자 원래 거인족 출신이잖아. 물론 걔들은
관리자 나오고 나서 아예 지들 종족 이름을 적의 일족으
로 개명했지만

−아하…….

−저렇게 가만히 있는 거면, 바로 선공하면 이번 미션

도 클리어하는 거 아님?

　-상대가 무려 관리자의 손인데 그렇게 쉬울 리가 있겠음?

　-그래도 너무 가만히 있는데.

　시청자들이 의아해할 정도로, 움직임이 없는 주먹 쥔 손.

　하나.

　성지한이 적색의 손에 어느 정도 가까이 오자.

　번쩍!

　손등 위에서 빛이 반짝이더니.

　거기서 문자가 떠올랐다.

　그 어느 나라의 글자도 아니지만, 성지한만은 알아볼 수 있었던 문자가.

　[적.]

　슈우우우!

　그 글자가 떠오름과 동시에, 펴지는 손바닥.

　새빨간 손바닥 안에는, 수백 개의 눈동자가 박혀 있었다.

　처음에는 초점을 잃은 듯 멍한 눈빛이던 눈은.

　[포착.]

꿈틀. 꿈틀.

눈동자를 움직이며, 수백 개의 시선이 일제히 성지한을 주시했다.

희번덕거리며 움직이는, 붉은색의 안구.

-히이이익! 뭐야 저거??

-손만 남아도 저 정도라니…… 역시 관리자인가?

-화면 너머로, 공포감을 줄 수 있다니…….

조금 전까지만 해도 관리자의 손을 보고 평가절하했던 시청자들은.

눈빛만 보고도 강렬한 위압감을 느꼈는지, 더 이상 저딴 게 관리자의 손이냐는 이야기가 나오질 않았다.

'산전수전 다 겪은 놈들이 왜 저래? 저런 눈빛에 겁먹지?'

정작 눈을 마주하고 있는 성지한은 눈빛이 반짝여도 심드렁할 뿐이었지만.

'일단은, 본격적으로 살펴볼까.'

뚜벅. 뚜벅.

성지한은 펼쳐진 손을 향해 다가갔다.

그가 접근해 오자, 일제히 모이는 눈동자.

손 위로 타오르는 불길 위에는, 문자가 떠올랐다.

[내가 왜 나옴? 흑색이 풀어 줄 리가.]

"글쎄."

[아. 알았음. 너 미끼임.]

"……."
알아서 자문자답하는 붉은 손.
성지한은 그의 말 가운데서, 미끼를 보고는 미간을 찌푸렸다.

[미끼가 필요한 이유. 본체의 위치를 알아냈음. 아니. 알아냈으면 미끼 불필요. 알아내는 과정에 있음.]

단어가 부분부분 끊긴 채 말하는 관리자의 손.
하나 성지한은 그 말뜻을 대강 파악할 수 있었다.
흑색의 관리자가 손을 특별 보스로 불러낸 건, 성지한을 미끼로 쓰겠다는 거란 의미겠지.
'날 통해 적색의 관리자를 끄집어내겠다는 건가.'
오래전에 행방불명되었다는 적색의 관리자.
한데 그의 흔적은 지구에 많이 남아 있었을뿐더러.
근래에는, 무신과 아소카도 그와의 연관성이 의심스러운 정황이 포착되고 있었다.
관리자는 배틀넷의 절대자들이니.
자신도 알아낸 정보를, 이들도 아예 모를 리가 없겠지.
본격적으로 ·행동하기 시작한 관리자들의 포석에, 성지

한은 자신이 장기말이 된 느낌을 받았다.

'배틀넷의 유일한 진리는, 여기서 믿을 놈 하나도 없다는 것. 관리자들이 지금은 내게 우호적인 제스처를 취하고 있지만, 다들 자기 사정에 맞게 날 이용하려는 것일 뿐이다.'

언제나 주의 깊게 상황을 살펴봐야겠군.

성지한이 그렇게 생각하고 있을 때.

[어차피 들킨 것. 의도에 넘어가 줌. 본체에겐 나의 힘이 필요함. 미끼. 탐스럽게 만든다.]

화르르륵!

적색의 관리자 손에서 갑자기 불길이 치솟더니, 성지한을 향해 뻗어 왔다.

휙!

성지한은 그 불길을 재빨리 피했지만.

치이이익……!

그의 뺨에 불꽃의 끝자락이 스쳐 지나갔다.

'모든 버프가 총동원된 상태인데도, 못 피하다니…… 관리자의 불이라 이건가.'

[성좌 도달 레벨이 758로 낮아집니다.]

성좌 모드도 켜져 있고, 가면도 쓴 상태인데.

이렇게 전력을 다 끌어모은 상태인데도, 저 작은 불꽃을 피하지 못했다.

확실히, 이 상대 특별 보스라 할 만하군.

성지한은 약간 거리를 벌리며, 그를 경계했다.

[? 미끼. 왜 피함. 역할에 충실.]

"그럼 그걸 맞고 있냐?"

성지한은 뒤바뀐 문자를 보며 그리 대꾸했지만.

화르르르…….

뺨에 닿았던 불꽃이 잠시 피어올랐다 사라지고.

[스탯 적이 2 오릅니다.]

스탯이 올랐다는 메시지가 뜨자, 잠깐 멈칫했다.

'……이거 닿아서 2나 올랐다고?'

안 그래도 올리기 힘들었던 스탯 적.

이게 저 조그만 불길에도, 2나 오른단 말인가.

그럼 저 불을 다 흡수하면 대체 스탯이 몇이 오르는 거야.

'……미끼, 그냥 할까?'

성지한은 잠깐 그렇게 생각했지만.

[반항해도 소용없음. 몸, 갈아탐. 미끼가 되겠음.]

자신으로 몸을 갈아타겠다는 메시지에, 무기를 꺼내 들었다.

스탯 적 늘려 준다고 저 불에 몸을 맡겼다간, 육체의 주인이 바뀔지도 모르는 일이었으니까.

그때.

[부질없는 반항.]

스으으으으......

수백 개의 눈알이 서로 뭉치더니, 커다란 눈으로 변화했다.

그리고 눈알에서 빛이 퍼지며, 글자가 만들어졌다.

[멈춰.]

그리고 그 문자 옆에, 또 따로 떠오르는 글자.

'저건…… 지배 코드군.'

자신의 언어에 구속력을 지니기 위해, 추가한 코드 같았다.

하나.

'몸 잘만 움직이는데.'

지배 코드를 통한 멈추라는 명령은, 정작 성지한에겐 별 구속력이 없었다.

[먹겠음.]

하지만 적색의 손은 그가 멈춘 걸 확신하는지.

화르르르……

아까처럼 빠르게 불꽃을 피우는 게 아니라, 천천히 화염을 확장시키기 시작했다.

불은 성지한의 몸 주변을 향해, 넓게 원을 그리면서 그를 포위해 나갔다.

－뭐야 왜 가만히 있어?

－아무리 손만 남았다 한들, 관리자의 힘을 어찌 거역하겠나.

－그 적색의 손이야. 반항할 수 없는 게 당연하지.

－아니 이럼 솔직히 환불해 줘야 하는 거 아니냐?? 뇌신도 이겼는데 뭔 관리자의 손이 튀어나오고 있어 ＿＿ 돈 건 게 얼만데 아레나에서 장난을 쳐도 뭐 이런 식으로 장난을 쳐!

성지한이 가만히 있자, 돈을 건 이들이 분을 못 이겨 잠시 난동을 피웠지만.

－어! 내가 아까 항의했는데, 방금 전 특별 보스 나온 거 그냥 승리 처리해 준대.

－진짜? 1등으로?

—어 승패와 상관없이 성지한에게 베팅한 사람은 아레나에서 돈 준대!

—오 그럼 번 거네?!

—좋아! 지한아 적색 건은 알아서 잘하렴. 돈 잘 벌었어!!

아레나에서 GP를 보증해 준다고 하자, 태도가 180도 바뀌었다.

'하여간 도박꾼 놈들…… 어쨌든 나도 70배는 번 건가.'

GP에 미친 건 종족불문, 전 우주에 통용되는 진리네.

성지한은 도박꾼들의 채팅에서 시선을 뗀 후, 적의 행태를 바라보았다.

성지한의 주변을 본격적으로 불바다로 만들며, 서서히 그를 포위해 가는 적색의 손.

이미 사냥감은 포획되었다고 생각하고, 한 번에 포식할 생각인가.

'반격이야 진작에 가능했지만…….'

방심한 적에게 일격을 가하는 거야, 그에겐 너무나도 쉬운 일.

하지만 그가 지금까지 가만히 있던 건, 조금 전 오른 스탯 때문이었다.

불꽃에 닿자마자 2나 올랐던 스탯 적.

'그에게 지배당하지 않는 선에서, 최대한 얻어 내야지.'

그리고 얼마 지나지 않아.

성지한은 때를 포착했다.

＊　＊　＊

사방으로 퍼져, 포위망을 완전히 구축한 적색의 화염.

하나 불길을 대거 피워 올린 탓일까.

막상 적색의 손에 깃들어 있던 불의 힘은 처음보다 상당히 약화되어 있었다.

거기에, 하나로 합친 눈에는 붉은빛이 많이 꺼져 있는 상태였으니.

'이 정도면 되었다.'

슈우우우…….

성지한은 암혼와류를 다시 발동시켰다.

[?? 미끼? 어떻게?]

그런 그의 행동을 보고, 의문을 표하는 적색의 손.

그는 그 메시지를 무시하고, 암혼와류 속에 다시 이클립스를 집어넣었다.

[……그거, 또 하려고?]

"아까 해 보니 쓸만하지 않았어?"

[나름, 그 검에 배울 점은 있었다만…….]

"그럼 또 배우자."
그림자여왕의 말이 끝나기가 무섭게 암혼와류의 내부
에서 공허를 폭발시킨 성지한은.

[공허가 5 감소합니다.]

공허의 감소 메시지가 뜨고, 검이 완성되자.
소용돌이 속에서 검을 꺼냈다.

혼원신공混元神功
암영신결暗影神訣
암영신검暗影神劍

조금 전 뇌신을 단번에 제압했던 암영신검이 나오자.

[그건……! 고, 공허의 내면…….]

성지한이 움직일 때만 해도, 놀라기만 할 뿐 별다른 행
동을 하지 않던 눈동자가 부들부들 떨렸다.

[미끼가 아니라, 흑색의 검…….]

파아아앗!

검에서 폭발하는 어둠에 닿기 시작하는 붉은 손.

하나 완전히 이에 파묻혔던 뇌신과는 달리.

슈우우우…….

손 주변에서는 연기가 피어오르며, 어둠에 저항하기 시작했다.

[아니다. 조금 다름. 검보다 약함.]

"흑색의 검이 뭔데?"

[관리자의 검을, 흉내 내놓고 모름?]

이게 관리자의 검이라고?

성지한은 눈을 깜빡였다.

이건 동방삭의 태극마검을 그대로 내보일 수 없어서, 임의로 개조한 건데?

"어. 모르는데."

[그럼 설마 본인 창작?]

"완전 창작은 아니고, 어디서 배워 왔지."

[……거짓? 하지만 적이 있음. 공허의 대행자라기엔 검

이 약함…….]

　피시시식…….
　어둠에 저항하던 손의 불이 점점 약해지고.

　[공허의 대행자라면 저항 무의미. 오히려 죽는 게 본체를 지킬 수 있음. 다만, 미끼라면…….]

　눈동자는 빙글빙글 돌아가며, 문자를 계속해서 써 내려갔다.

　[검을 만든 재능, 본체에게 꼭 필요한 능력.]

　"내가 만든 거 아니라니까?"

　[구현 자체가 재능.]

　"그래?"
　성지한은 피식 웃었다.
　하도 아소카한테 재능 애매하다고 질타당하다 보니.
　상대가 적색의 손이라고 해도, 재능 있단 이야기가 듣기 나쁘지 않네.
　그래도 좋은 건 좋은 거고.
　'지금 끝을 내야지.'

지배 코드 불발로 인한 기습적인 공격이 아니었으면, 손에게 밀리는 건 이쪽이었을 것이다.

지금 압박할 수 있을 때, 끝장을 내야지.

성지한이 그렇게 암영신검에 힘을 더 주고 있을 때.

[이거 흑색의 검과 비슷하지만…… 확실히 아님.]

[상대는, 역시 미끼.]

[그것도…… 본체에게 꼭 필요한 미끼.]

저항이 점점 약해지던 눈동자는 암영신검을 나름대로 분석했는지.

성지한을 미끼라고 확정 판단했다.

"그놈의 미끼 소리 징글징글하네."

듣는 미끼 기분 나쁘게 말이야.

성지한의 암검이 더욱 어둠을 토해 내고, 적색의 저항이 크게 줄어들 때.

[결정.]

파아아앗!

갑자기 손의 형태가 불타 사라지더니.

툭…….

땅바닥에, 눈동자 하나만 덩그러니 떨어졌다.

원래의 커다란 크기가 아니라.

사람의 것만큼, 작은 크기로.

[재능, 내가 미끼를 먹으면 사라질지도 모름.]
[그러니 먹히겠음.]

그리고 눈동자 위로, 메시지가 작은 크기로 올라왔다.
성지한을 먹어치우려다가, 방향을 급선회한 건가.
"······먹히겠다고?"

[응. 나 먹어.]

꿈틀. 꿈틀.
적색의 눈동자는 사방에 핏줄을 확장시키면서, 기분 나
쁘게 꿈틀거렸다.
차라리 생낙지를 먹고 말지.
저건 좀······.
'그냥 밟아서 터뜨릴까.'
성지한이 그렇게 생각하고 있을 때.

[적 최소 500 보장.]

눈동자가 추가 메시지를 보내왔다.
스탯을 500 올려 준다고······.
'이거, 잔여 포인트로 환산하면 5000이네.'

예전에는 잔여 포인트를 20 넘게 투자해야 1 올랐던 스 탯 적.

이제는 효율이 좋아져서, 10만 넣어도 1이 오르긴 했지만.

어쨌든 스탯 적은 상당히 올리기 힘든 능력치였다.

근데 이걸 최소 500 보장이라니.

'잠깐이지만 끌렸네.'

500 올려 준다는 것도 솔직히 못 믿을 말일뿐더러.

올려 줄 정도로 저 눈알에 힘이 있다고 해도 문제였다.

그런 게 몸 안에 들어오면, 가만히 있을까.

원래의 목적처럼 자신의 몸뚱어리를 차지하려고 들겠 지.

—허. 설마 적색의 관리자의 손도 제압당한 건가…….

—와…… 미쳤다…….

—이건 좀 말도 안 되는데?

—성좌 아니잖아? 그치? 후원 플레이어 소환도 못 하는 애였잖아?

—관리자 손이 맞긴 함? 믿을 수가 없네.

—아레나에서 사기 치겠어?

한편, 성지한이 관리자의 손을 제압했다고 생각한 시청 자들은 경악을 금치 못했다.

이 인간, 센 건 알았어도 어떻게 관리자의 손까지 이렇 게 쉽게 제압을 한단 말인가.

아무리 놀라운 모습을 많이 보여 줬다지만, 이건 너무 상상 이상이었다.

　ㅡ근데 저 눈은…… 관리자의 흔적인가?
　ㅡ성지한!! 그거 저한테 가져다주시면, 100조 GP에 사 겠습니다!
　ㅡ100조 가지고 되겠음? 더 써야지.
　ㅡ그러니까 어디서 날로 먹으려고 들어.

　한 시청자가 100조 GP로 눈 가치를 책정하자, 시청자 들이 사기 치지 말라고 그를 책망하고 있을 때.

　[드래곤 로드가 10억 GP를 후원했습니다.]
　[눈을 나에게 달라. 그렇다면, 1경 GP와 100년간 용족 의 통솔 권한을 주겠다.]
　[태양왕이 10억 GP를 후원했습니다.]
　[눈을 나에게 바쳐라. 그러면 너와, 너의 행성을 태양 으로 만들어 주마.]

　적색의 관리자와 관련이 있는 대성좌 둘이 10억 GP를 후원하며, 눈을 달라고 이야기했다.

　ㅡ드래곤 로드에 태양왕……!
　ㅡ1경 GP면 좀 인정?

-그거도 싼 거 같긴 한데 대성좌가 내놓으라면 그거라
도 받고 줘야 하지 않음?
　-태양왕이 모습을 드러내다니, 그도 모습이 안 보이는
거 아니었어??
　-와 이 채널은 무슨 실종된 애들 다 총집합하네…….
　-화제의 채널 될 만하다 진짜.
　-내 300년간 배틀튜브의 채널을 봐 왔는데 이렇게 사
건 빵빵 터뜨리는 채널 없었음.
　-난 천 년.

　대성좌의 등장.
　그것도 하나는 소식이 잠잠했던 태양왕이 모습을 드러
내자, 성지한의 채팅창은 폭발적인 반응을 드러냈다.
　'난리도 아니군.'
　하긴, 적색의 관리자의 손이 나올 때부터 화제가 될 거
라 예상을 하긴 했지만.
　대성좌 둘까지 등장할 줄은 몰랐지.
　성지한은 후원 메시지를 살폈다.
　'용족 통솔 권한은 그렇다 쳐도, 태양으로 만들어 준다
는 건 죽으란 이야기 아닌가.'
　태양왕, 이거 정상이 아니네.
　성지한은 그렇게 생각하면서 시선을 아래로 내렸다.
　꿈틀. 꿈틀.

[재능 여부에 따라 1천까지도 가능.]

자신을 안 먹자, 이젠 1천까지 된다고 자신을 더 어필하는 눈알.

하나 성지한은 1천까지 올리니까 오히려 더 먹고 싶지 않아졌다.

'일단은 뒤에 남은 불길부터 회수하자.'

화르르르······.

성지한 포위망을 만들었던 적색의 불꽃 중, 암영신검에 닿지 않아 안 꺼졌던 뒤쪽의 불꽃.

그는 거기에 가서, 불을 회수했다.

[스탯 적이 1 오릅니다.]
[스탯 적이 2 오릅니다.]

그러자 그간 올리기 힘들었던 스탯 적이, 쑥쑥 오르기 시작했다.

불을 다 회수하고 나자, 최종적으로 완성된 적의 수치는 50.

'······잔여 포인트 투자한 게 아까울 지경이네.'

그간 사라졌던 잔여 포인트들이 떠오르니, 아쉽긴 했지만.

사실 그간 적 말고는 올릴 수 있는 스탯도 없었으니, 그는 이런 마음을 애써 삼켰다.

대신.

'눈을 다 흡수하지 못해도, 저 핏줄은 혹여 모르겠군.'

스스스스……

어느덧 꽤 확장해 나간 붉은 눈의 핏줄.

성지한은 그 안에도, 불의 힘이 담겨 있음을 느꼈다.

눈을 다 집어삼키는 건, 그에게 지배당할 위험이 있다
지만.

핏줄 정도는 괜찮지 않을까?

'해 보자.'

스으윽.

성지한은 검을 들었다.

[또 무엇을 하려고…….]

"핏줄 좀 잘라 보자."

[핏줄…….]

"어."

혼원신공混元神功

삼재무극三才武極

태산압정泰山押頂

뚝!

세로베기의 궁극, 태산압정까지 써 가면서 핏줄을 잘라
낸 성지한은.

갈라진 실핏줄을 만졌다.

그러자.

화르르르륵……!

성지한의 손에서 불타오르는 실핏줄.

[스탯 적이 1 오릅니다.]

그것은 곧 스탯을 1이나 올려 주었다.

"오."

이거 황금알을 낳는 거위네?

슥삭. 슥삭.

성지한은 본격적으로 태산압정과 횡소천군을 사용하면서, 핏줄을 갈라냈다.

[뭐 함? 나 먹어. 먹어. 먹어.]

"괜찮아. 황금알을 낳는 거위 배를 가를 순 없지."

[나…… 거위?]

"그래."

치이이익!

성지한은 눈에서 저절로 생성된 핏줄을 수거해 나가면서, 스탯을 계속 획득했다.

그리고 스탯 적이 60이 되자.

'음…… 이제는 확실히 느껴지는 감각이 다르군.'

성지한은 흡수한 능력이, 이제 자신의 컨트롤 범위에서 벗어나려 하는 걸 느꼈다.

원래 여기 오기 전, 지니고 있었던 스탯은 30 정도였는데.

지금 적색의 관리자의 손을 통해 수치가 60까지 뛰어오르고 나니까.

내부의 불길은, 성지한의 명령에 벗어나려고 하고 있었다.

'이쯤에서 일단은 멈춰야겠군. 내부의 불을 잡는 게 먼저다.'

스으으으…….

눈의 핏줄은 계속해서 늘어났지만.

성지한은 이쯤에서, 베는 걸 멈췄다.

[뭐 함? 왜 더 안 먹음?]

"배불러. 더 먹으면 탈 나."

[……재능 있음. 확실히.]

성지한이 딱 선을 지키자, 빛을 번뜩이는 적색의 눈알.

그는 성지한을 지배하려는 시도가 실패했음에도, 별로 낙담하는 눈치가 아니었다.

성지한은 눈알이 자신을 탐스럽게 지켜보는 걸 묵묵히 바라보다가.

"이거, 인벤토리에 넣어도 됩니까?"

허공에 대고 확인을 요구했다.

그러자.

스으으으…….

성지한의 눈앞 공간이 일그러지더니.

"역시, 안 드실 줄 알았습니다."

아레나의 주인이 모습을 드러냈다.

*   *   *

무신의 별, 투성의 외곽.

[……허.]

방랑하는 무신은, 성지한의 채널 화면을 띄운 채 작게
한탄했다.

적색의 관리자의 손.

저게, 저기서 나올 줄이야.

'……미끼. 그래, 저건 미끼다.'

관리자의 손에서 나온 문자.

그것은 분명, 성지한을 미끼라고 지칭하고 있었다.

미끼.

적색의 관리자를 낚기 위해서, 준비된 제물.

저것은 분명히 함정이고, 가져가려 하다가는 우주의 두
절대자 흑색의 관리자와 백색의 관리자에게 확실히 명분
을 주게 되는 꼴이 되었다.

그러면 아무리 힘을 애써 모아놨다 한들, 소멸당하는
결론에 이르겠지.

하지만.

'저걸 회수하면…… 대업은 끝이 난다.'

무신의 눈빛이 깊게 가라앉았다.

미끼임은 알고 있어도, 저것은 물고 싶을 정도로 매력
적이었다.

흑색에게 잘린, 적색의 관리자의 손.

그것은 적색의 관리자가 원래 지닌 힘의 꽤 많은 부분을 지니고 있었으니.

저걸 회수하면, 무신이 오랫동안 추구했던 대업이 곧바로 완성된다.

'안전한 길은, 금륜적보를 돌리는 것이지만…….'

시간을 되돌리는 아소카의 금륜적보.

그것을 통해, 방랑하는 무신은 길고 긴 세월 동안, 힘을 조금씩 비축해 왔다.

모든 것은, 관리자를 뛰어넘는 '대업'을 이루기 위해서.

무한의 쳇바퀴는 끊임없이 굴러갔고.

무신은 그 안에서 묵묵히 버텨왔다.

하지만.

'이번에, 상황이 너무나도 많이 변했다.'

배틀넷의 절대자, 흑백黑白의 관리자는 이상을 느꼈고.

그중에서 흑색의 관리자는 공허의 심부에 보관하고 있던 적색의 손까지 꺼내 들었다.

아직까지는 저들이 투성을 완전히 특정 짓지는 못했지만.

증거가 더 발견된다면, 개입을 하려 들겠지.

'이러면 금륜적보를 돌려도, 일이 그릇날 소지가 있다.'

흑백의 관리자가 포위망을 좁혀 오는 이상.

금륜적보의 움직임이 혹여나 그들에게 막히면, 모든 일은 망가진다.

'다만. 지금 금륜적보를 돌린다면…… 막힐 확률은 1퍼센트 미만.'

포위망이 구축되기 전에 금륜적보를 사용한다면, 그르쳤던 이번 '회차'는 하나의 경험이 되고.

처음부터 다시 시작할 수 있게 된다.

그래.

1퍼센트의 실패 가능성만 무시한다면, 되겠지.

하지만.

'성지한이 어비스의 주인에게 죽는다면, 실패할 확률은 0퍼센트.'

성지한이 태극의 망혼에게 패배하고 사라진다면.

흑백의 관리자는 이 세계에 개입할 수단을 대거 잃게 된다.

그러면 금륜적보를 돌리는 일은, 아무런 문제가 없게 되고.

'거기에 그가 얻었던 성취도, 가져갈 수 있다…….'

지금까지는 큰 변수가 없이 진행되어 왔던 '대업'.

하지만, 이번엔 성지한이라는 존재가 불러온 나비효과가 너무나도 커서.

금륜적보를 돌려 새로이 시작할 것이냐.

아니면, 성지한이 죽는 걸 기다려 볼 것인가를 선택해야 했다.

'……모험은, 하지 않으려 했지만.'

그리고 두 선택지 앞에서.

'그가 죽으면, 나에게 돌아오는 것이 너무 크다.'

그는 성지한의 죽음을 기다리는 쪽을 택했다.

* * *

중절모를 쓴 아레나의 주인.

그의 우주 형상을 하고 있는 머리에서, 눈 역할을 하는 두 개의 별이 빛을 내뿜었다.

"적색의 관리자는 임기제의 관리자 중에선, 가장 뛰어난 자였습니다."

바닥에서 꿈틀거리는 적색의 눈을 지켜보던 그는 말을 이었다.

"그는 배틀넷의 시스템을 한 단계 발전시켰고, 수많은 코드를 개발, 개조했지요. 한때에는 상시 관리자가 되어야 하는 것 아니냐는 이야기가 있었지만…… 그는 상시 관리자가 될 기준에 미달하여, 결국 임기를 채우고 물러나야 했습니다."

[궤변. 상시 관리자가 될 기준, 충족하기엔 불가능함. 흑백의 관리자가 기득권을 놓지 않는 것.]

아레나의 주인의 말에 바로 반박 글자를 떠올리는 적색의 눈.

하나 아레나의 주인은 그 글자를 읽지 못하는 건지, 아니면 이를 못 본 척하는 건지.

이에 담긴 내용은 무시하고, 말을 이어 갔다.

"하나, 그는 순순히 은퇴할 생각이 없었지요. 그 누구보다도 뛰어났던 관리자는, 관리자의 권한을 빼돌릴 준비를 다 마친 상태였습니다. 그는 행방불명되었고, 적색이 지녔던 관리자의 권능은 같이 잠적하게 되었죠."

"……."

"물론, 흑백의 관리자의 협력 속에 생겨난 추격대가, 많은 부분을 회수하긴 했습니다만. 가장 중요한 게 남아 있었습니다……."

"중요한 것?"

"그것에 대해 이야기하긴, 자리가 좋지 않군요……."

아레나의 주인은 말끝을 흐리더니 화제를 돌렸다.

"저걸, 인벤토리에 넣어도 되냐고 하셨죠?"

"그래."

"관리자의 손이면, 인벤토리를 충분히 탈출할 수 있을 겁니다. 그가 인벤토리 시스템을 업그레이드시킨 장본인이니까요. 다만."

탁.

아레나의 주인이 손가락을 튕기자, 허공에 검은 상자가 나타났다.

"흑색의 관리자께서 직접 만들어 주신, 봉인함입니다. 이곳에 저 눈을 담으면, 인벤토리에 넣어도 별 탈이 없을 겁니다."

"흠."

[인벤토리 안전. 그냥 넣어도 됨. 저기에 들어가면 핏

줄 생성 늦어짐. 적 복사 늦어짐.]

흑색의 봉인함을 보고 눈알에서 메시지가 주르르륵 흘러나왔지만.

성지한은 이에 대꾸도 하지 않고, 그걸 바로 둥둥 띄워 봉인함에 넣어 버렸다.

[후회할 거…….]

탁!

문자가 다 나오기도 전에 저절로 닫히는 흑색의 봉인함.

성지한은 그걸 가져가, 아이템 설명을 바라보았다.

[흑색의 봉인함]

등급 : EX

–흑색의 관리자가 직접 만들어 낸 봉인함.

–그 어떤 존재도 상자가 열리기 전에는, 이곳 밖으로 나올 수 없습니다.

'등급은 EX인데 써먹을 데가 없네.'

진짜 그냥 적색의 관리자 손만 넣어 두는 용도인가.

등급이 아깝네.

성지한이 그걸 인벤토리에 넣자.

아레나의 주인이 그에게 인사했다.

"그럼, 원하는 대로 뜻을 이루시길."

"뜻을 이루라…… 나보고 먹음직한 미끼가 되라는 것인가?"

"후후. 그렇게 부정적으로 받아들이실 필요는 없습니다 관리자께서는 인류와 당신에게 기회를 주고 싶으신 것뿐이니까요."

"기회?"

"예."

아레나의 주인의 모습이 서서히 사라지기 시작했다.

"최후의 기회를 잘 활용하시길……."

그렇게 그가 사라지고 나자.

[보스 러시를 클리어했습니다.]

[일반 퀘스트를 모두 클리어했습니다.]

[에픽 퀘스트를 클리어했습니다.]

보스 러시의 클리어와 함께, 모든 퀘스트를 깼다는 메시지가 떠올랐다.

특별 보스를 없애니, 모든 미션 퀘스트가 클리어된 건가.

[레벨이 2 오릅니다.]

[레벨이 2 오릅니다.]

……

일반 퀘스트의 클리어로 레벨이 폭발적으로 올랐지만.

'최후의 기회라.'

성지한은 아레나의 주인이 마지막에 남긴 말 때문에, 그 보상 메시지에 별 관심을 두지 않았다.

하지만.

[에픽 퀘스트 클리어로, 특별한 보상이 주어집니다.]

'이건 다르지.'

보상 항목이 딱히 나와 있지 않았던 이번 에픽 퀘스트.

그래도 역시 아무것도 안 주는 건 아닌지.

시스템은 특별한 보상을 언급했다.

'적색의 손을 얻은 거에 비하면 별 볼 일 없는 보상이겠지만 말이지……'

성지한은 그리 생각하면서, 보상을 확인했다.

특별 보상 메시지의 배경색은 새하얀 빛을 띠고 있었다

'새하얀 색이면, 백색의 관리자와 관련이 있는 건가.'

메시지창의 색깔을 통해, 어디가 개입해 온 건지 대충 감을 잡게 된 성지한.

'확실히 적색의 관리자를 끌어낼 패로, 날 써먹는 거 같군.'

저들이 의심하는 적색의 관리자는, 결국 무신인 걸까.

관리자들이 자신을 미끼로 써먹는 데에 대해선, 솔직히 마음에 들진 않았지만.

'그래도 챙길 건 챙겨야지.'

기분 나쁘다고 보상 안 받을 것도 아니고.

성지한은 실리를 추구하기로 했다.

그렇게 받은 특별 보상은.

[종합시청자 평가치 업그레이드를 위한 특수 조건, '10년간 채널 운영' 조건이 해제됩니다.]
[종합시청자 평가치가 '유명해진' 등급으로 올라갑니다.]

다름 아닌, 스타 버프의 업그레이드를 가로막고 있던 특수 조건 해제였다.
'특수 조건 항목이 저런 거였어?'
10년 채널 운영이 조건이라니.
이렇게 해제시켜 주지 않았으면, 스타 버프 업그레이드는 당분간 꿈도 꾸질 못했겠네.
'확실히 백색의 관리자 쪽이, 배틀튜브와 연관이 있어 보이는군.'
성지한은 주로 배틀튜브 관련한 보상을 주는 백색의 관리자 쪽 메시지를 보면서 그리 생각했다.

[스타 버프가 업그레이드됩니다.]
[스타 버프 발동 시, 모든 능력치가 100% 증폭됩니다.]
[증폭 효과 100%를 달성하여, 특수한 업그레이드 항목이 생겨납니다.]
[두 항목 중, 하나를 선택해 주십시오.]

[신성新星]

−스타 버프의 효과를 기존의 것에서 더욱 업그레이드 시킵니다.

−동시 시청자의 숫자가 쌓이면 쌓일수록, 버프 효과가 더 크게 증폭되며 '초신성超新星' 모드를 발동할 시, 스타 버프의 효과가 10배 더 증가합니다.

−다만, 초신성을 사용하면 신성 효과가 사라집니다.

[정규채널]

−일주일에 3회 스트리밍을 5년간 지속할 시.

−배틀튜브의 '정규채널' 중 하나로 편성되어, 영상 재생 시 성좌 명성을 얻을 수 있습니다.

−대신 스타 버프의 효과는 사라집니다.

신성과 정규채널.

둘 중 무엇을 골라야 하는지는, 명백히 답이 나와 있었다.

'신성이군.'

정규채널이 되면 그 얻기 힘들다는 성좌 명성을 쌓아 올릴 수는 있었지만.

스타 버프가 사라지는 치명적인 단점이 존재했다.

평화로운 시기라면야, 후자를 택해서 더 큰 발전을 꾀했겠지만.

'지금 같은 비상 상황에서는, 힘이 제일 중요하지.'

성지한은 두 업그레이드 항목에서 신성을 선택했다.

그러자.

[스타 버프에 신성新星의 효과가 추가됩니다.]
[시청자 숫자에 비례하여 버프 효율이 증가합니다.]
[기준치를 넘지 못해, 능력 증폭은 100%에 머뭅니다.]

신성의 효과가 바로 적용되는 성지한.

다만 기준치가 상당히 높은 건지, 시청자 비례 버프 효과 증폭은 적용되지 않았다.

'이건 됐고…….'

그렇게 에픽 퀘스트 보상을 정리한 성지한은.

-지한 님!! 종족 보너스는 어떻게…… 안 선택하시나요??

-아 보채지 좀 마셈; 지금 생각 중이신 거 같은데 ㅎㅎ

-아 궁금하잖아 미션도 끝났고 방종 전에 종족 보너스 뭐 받는지 봐야지!

-이번에 보너스 4개 받으면 중급 종족 가능??

-하급 된 지 얼마나 됐다고 ㅋㅋㅋㅋ

인류 시청자들의 기대대로 종족 보너스를 열어 보기로 했다.

'어디 볼까.'

이번에 얻은 종족 진화 보너스는, 총 4개.

뇌신을 불러서 2개, 그를 제압하면서 2개를 얻은 이 보너스는.

[종족 보너스를 받으시겠습니까?]

성지한이 예를 누르기만을 기다리고 있었다.
"그럼 종족 보너스, 열어 보겠습니다."
툭.
그렇게 성지한이 보상을 수령하자, 떠오르는 메시지.

[특별 보상, '종족 진화 보너스'가 주어집니다.]
[화속성 친화도가 +1 상승합니다]
[화속성 친화도가 +1 상승합니다]
[화속성 친화도가 +1 상승합니다]
[마력이 +3 상승합니다.]

이번에 터진 종족 보너스는, 화속성 친화도만 3번 중복되어 있었다.

─······아니 뭔 화속성만 나와?
─잡은 건 뇌신 아니었음? 뇌속성 +1도 아니고 ㅋㅋㅋㅋㅋ
─불 마법사들은 완전 살판났네;
─마법사들 대부분 불속성 공격 마법을 기본으로 배우

긴 하니까, 이번 종족 보너스는 마법사들만 꿀 빨았네.

－일반인은 이번에 큰 체감 못 하겠네요…….

－화상 덜 당하나? 친화도 올라가면 ㅋㅋㅋ

종족 보너스를 무려 4개나 받는다고 해서 기대했던 시청자들도, 이 결과에는 황당하다는 반응을 보였다.

애초에 제압당한 건 뇌신인데, 왜 그랑은 연관도 없는 화속성 친화도만 3개를 받는단 말인가.

'당혹스럽긴 하지만, 이렇게 친화도가 오르니 스탯 적의 운용은 확실히 편해졌어.'

60에서 일단 성장을 멈춰 두었던 스탯 적.

그때는 이게 더 올라갔다간 내부의 적이 말을 듣지 않을 거 같아서 성장을 멈춰 놨는데.

화속성 친화도가 오르고 나니 불의 제어도 수월해져서, 성지한은 이를 자유롭게 제어할 수 있었다.

'……이게 우연의 일치일 리는 없겠지. 적색의 관리자의 힘을 견뎌 내라고 이쪽에서 노골적으로 밀어 주는군.'

수많은 속성의 친화도 중, 하필 화속성만 3이나 오른 건 우연이라고 보기 어려웠다.

아무래도 관리자 측의 의도가 여기에도 담겨 있는 것 아닌가 싶었다.

'저들의 의도가 뻔히 보이긴 하지만…… 나도 이용할 건 다 이용해야지.'

적의 지배가 완전해지면, 흑색의 봉인함에서 눈을 꺼내

서 스탯 더 올려야겠네.

성지한은 그리 생각하며 로그아웃했다.

*   *   *

[보스 러쉬에서 얻은 종족 보너스. 화속성 마법사들에게 날개를 달아 주다!]

[배틀넷의 관리자는, 신보다 위대한 존재? 외계의 존재들이 경외시하는 그들의 정체를 추측하다.]

[셀프 베팅으로 배당률 70배의 GP를 획득한 성지한, 이제 지구상에서 가장 부자?]

[성지한은 미끼인가? 빛의 눈이 설치된 성지한 채널에서 들려오는 의미심장한 이야기.]

종족 보너스를 4개나 얻어 온 보스 러시.

이번 게임은, 끝이 난 이후에도 전 세계적으로 화제가 되었다.

-마법사들 데미지 엄청 올랐던데?

-ㅇㅇ 불마법을 주력으로 키우는 마법사들은 거의 데미지 2배는 오른 거 같다고 기뻐하더라.

-불마법 안 배운 마법사들 거의 없어서 마법사들은 축제 분위기던데.

-근데 전사들도 화염 저항력 올라가서, 예전보다는 불

견디기 쉽다곤 함.

　-그래? 일반인들은 예전이랑 별다를 바 없던데 ㅎㅎ

　-ㄹㅇ 그간 건강 증진으로 재미 많이 봤는데 아쉽긴 해.

　지금까지는 대부분의 인류가 혜택을 보았던 것과는 달리.

　이번 보너스는 거의 마법사 위주로 강화된 느낌이었다.

　물론 화속성 친화도 증가로 인해, 모든 플레이어들이 불에 대한 저항력이 증가하긴 했지만.

　마법사가 체감하는 것에 비하면 확실히 그 효용이 약했다.

　그리고.

　-아레나의 주인에, 관리자…… 성지한 가지고 뭐 하는 거지?

　-성지한은 자기 스스로 미끼를 거론했잖아. 이거 영 걸리던데.

　-빛의 눈 생기니까 원래는 오프 더 레코드여야 할 정보가 그대로 들어오네 ㅋㅋㅋ

　-뭐 성지한이 워낙 초월자니까, 그냥 그와 관련된 문제인 거 아님?

　-ㄴㄴ 아레나의 주인이 분명히 성지한한테 인류와 당신에게 기회를 준다고 이야기했음.

-그럼 기회를 놓치면 어떻게 되는 거임?

-멸망? ――

빛의 눈으로 인해, 필터링되지 않은 정보를 들은 사람들은.

제각각 여러 가지 추측을 하기에 바빴다.

한편.

"지한! 이번 종족 보너스, 저한테도 효과가 있나 봐요!"

여느 때처럼 펜트하우스에 놀러 온 소피아는, 성지한을 보면서 눈을 빛냈다.

"성화 효과가 강화된 겁니까?"

"네!"

소피아가 손바닥을 펴자.

화르르륵!

예전엔 미약해서 금방 꺼질 것 같았던 백색의 불꽃, 성화가.

나름 강렬하게 타오르고 있었다.

"이 정도면 예전의 70% 정도는 되는 것 같아요. 화속성 친화도랑 궁합이 좋나?"

"그렇군요……."

성지한은 고개를 끄덕이며 성화를 유심히 바라보았다.

백색의 불꽃, 성화.

이것은 신성력과 적의 힘, 거기에 여러 가지의 기운이 동시에 느껴지는 복잡다단한 불꽃이었다.

스탯 적도 60으로 원래보다 거의 두 배 올랐으니, 이젠 저 성화에 대해 뭔가 알아낼 수 있을까 싶었지만.

'……여전히 모르겠네.'

성화를 이루는 다른 기운은 뭔지, 여전히 감이 오질 않았다.

'피티아가 굳이 줬다가 가져간 걸 보면, 뭔가가 분명 있긴 할 텐데 말이지…….'

스탯 적이 아니라 다른 데서 실마리를 찾아야 하나?

성지한은 성화를 몇 번 더 살펴보다가.

"아, 이제는 유지가 좀 힘드네요……."

"예, 그럼 이만 보죠."

성화가 꺼져 가자, 일단 오늘은 여기까지만 살펴보기로 했다.

한편.

"으음……."

거실 TV로 성지한의 보스 러시 게임을 몇 번이고 돌려 보던 윤세아는.

성지한이 성화를 다 살펴보자, 재생을 멈추고는 그에게 질문했다.

"삼촌. 이번 종족 보너스, 왜 불만 나왔을까? 그 적색의 관리자인가…… 그의 손 때문이야?"

"아마도."

"그, 우주 머리 아저씨도 영 찝찝한 이야기만 하던데. 삼촌보고 미끼니, 최후의 기회니…… 뭔가 의미심장하단 말이야."

윤세아는 걱정스러운 얼굴로 성지한을 바라보며 그리
말했다.

"⋯⋯너 그런 건 다 어떻게 들었냐?"

"삼촌 방송 이제 풀로 나오잖아."

"아, 그거까지 다 나와?"

"어, 사람들 지금 별의별 추측 다하고 있어."

스타 버프를 유지하기 위해 받아들였던 빛의 눈.

그게 인류에게 정보가 모두 공개되는, 부작용을 야기했
군.

'아니⋯⋯ 뭐. 근데, 다시 생각해 보니 공개되면 어때?'

오히려 행방불명된 적색의 관리자와의 연관성 같은 정
보가 날것으로 나오다 보니.

외계의 시청자들도 숫자가 기하급수적으로 불어났으
며, 대성좌들까지 관심을 보이지 않았던가.

배틀튜브에서 관심도가 집중되면 집중될수록, 스타 버
프도 강해지겠지.

'이미 난 호랑이 등에 탄 상황⋯⋯ 무엇보다 힘의 강화
가 최우선이다.'

지금은 더 많은 어그로를 끌기 위해서라도, 정보를 숨
기기보다는 더 대놓고 공개해야 할 판이었다.

'나중에 상황이 더 정리되고 나면 아예 현 상황에 대해
브리핑을 해 봐도 나쁘지 않겠군⋯⋯.'

채널 성장세가 주춤하면, 한번 해 볼까.

성지한은 상황이 이렇게 된 거, 대놓고 공개 모드로 가기로 결심했다.

그게 스타 버프의 신성 특성을 써먹기에도 좋았으니까.

"적색의 관리자와 관련된 사항은 나도 아직 정리가 다안 돼서. 나중에 한꺼번에 이야기해 줄게."

"……진짜지?"

"응. 아예 대놓고 방송도 하려고."

"배틀튜브로요? 헤에…… 지한, 히어로는 힘을 숨기지 않았나요?"

"그건 구시대 히어로나 그렇죠. 지금은 자기 PR이 중요한 시대잖아요?"

성지한이 그렇게 대수롭지 않게 이야기하자.

윤세아는 걱정스러운 눈빛으로 그를 바라보다, 결국 고개를 끄덕였다.

"……알았어. 삼촌이 말해 줄 때까지 기다릴게."

"그래."

"그럼 이 문제는 일단 넘어가고, 중국전 걱정이나 해야겠다."

"중국전?"

"응, 3일 뒤에 중국전 하잖아."

"아, 그랬어?"

성지한은 심드렁히 대꾸했다.

지금 관리자의 미끼가 되네 마네 하는 판국인데.

자신이 국가 대항전에 관심을 보이는 건 어린아이 싸움

에 끼어드는 느낌이었으니까.

"응…… 이번 종족 보너스 덕에 제갈헌이 너무 세져서, 다음 경기가 좀 걱정되네."

"중국의 제갈헌? 그가 불의 마법사는 아니지 않나? 팔괘 뽑잖아."

"팔괘에도 불과 관련된 괘가 있을걸? 엄청 세대."

"흠…… 그래? 힘을 내렴."

"윽, 삼촌 은퇴는 번복하지 않았어?"

"그렇긴 한데. 지역 리그에까지 나서긴 좀 그렇잖아."

인류 플레이어 중에서 혼자서만 독보적인 위치에 있는 성지한.

시간이 지날수록 격차가 좁혀지기는커녕 더 커져만 가서.

이제는 다른 사람들이 뛸 때, 혼자 우주 위에서 날아다니는 그가 국가 대항전에 나가긴 좀 그랬다.

'물론 한국이 세계 랭킹 1위를 달성하면, 성좌 명성 관련으로 업적이 있을 것 같긴 하다만…….'

그래서 국가대표도 은퇴하려다 말긴 했지만.

최근 돌아가는 상황이 워낙 긴박해서, 국가대항전에 신경 쓸 여력이 없었다.

"그건 그런데…… 음, 삼촌. 그럼 혹시 여유 있으면, 그날 배틀넷 센터에 얼굴 한 번만 비춰 주면 안 돼?"

"왜?"

"저번에 보니까, 중국에서 삼촌 밴을 안 하더라고."

"뭐, 안 할 수도 있지. 경기에 워낙 안 나가니."

성지한은 대수롭지 않게 대꾸했지만.

"딴 나라들은 그래도 삼촌 혹시 있을까 봐 밴하는데, 중국은 없는 걸 확신하듯 밴을 안 하더라고. 배틀넷 센터에 혹시 중국과 선이 닿은 스파이가 있는 거 아니냐고, 감독님이 의심하던데……."

"그래?"

"응, 굳이 출전할 필요는 없고…… 그냥 시간 되면 센터만 잠깐 들르는 게 어때? 혹시나 내부에 스파이가 있으면 밴을 할 테고, 없으면 삼촌이 와도 밴을 안 하겠지?"

스파이가 있는지 없는지, 알아보고 싶은 건가.

'뭐 센터면 집 바로 옆이니까.'

잠깐 얼굴만 비추고, 수련장에 들어가야겠군.

"알겠어. 잠깐 들를게."

성지한은 친구네 집 방문하듯, 가볍게 대답했다.

그리고 3일 후.

"……성지한 님."

배틀넷 센터에 얼굴만 비추러 간 성지한에게.

스태프 중 한 명이 비밀리에 접근해 왔다.

"저…… '그분'의 말씀을 전하러 왔습니다."

* * *

어느덧 10월에 들어선 지금.

동북아시아 지역 리그는 완연히 2강으로 나뉘어 있었다.

바로 한국과 중국으로.

전승 무패의 한국과, 한국에게 1패 한 것을 제외하곤 모두 승리를 달리고 있는 중국은.

동북아시아 리그의 1위를 결정지을 경기를 앞두고 있었다.

=시청자 여러분, 안녕하십니까.

=오늘, 드디어 1위를 확정 지을 중국전이 열립니다!

=전승가도를 달리고 있는 대한민국과, 저희에게 1패를 한 중국…… 하지만 여기서 중국이 승리를 가져갈 경우, 리그 1위 결정전을 또다시 치를지도 모릅니다.

=예! 저희나 중국이나 다른 나라와의 경기에서는 1패도 하지 않고 있으니까요!

오늘의 경기를 앞두고, 열성적으로 소리를 지르는 해설진.

시청자들도 긴장된 마음으로 경기를 지켜보았다.

-오늘 경기가 ㄹㅇ 중요하네.

-성지한 없이도 지역리그 1위 잘 수성했다 그래도 ㅎㅎ

-검왕 부녀랑 소피아가 큰 역할을 했지.

-큰 역할? 그 선수들이 다했지 뭘 ㅋㅋㅋ

-ㄹㅇ 다른 선수진은 아직 중국에 휠 밀리잖아.

-사실 저번 경기도 성지한 없이 어떻게 이겼는지 모르겠어.

-ㅇㅇ 맵 운이 좋았지 ㅋㅋㅋㅋ

-아 이번에 제갈헌 엄청 세졌던데 솔직히 쉽지 않아보임…….

성지한 없이 중국을 이기긴 했지만.

사실 한국 시청자들도 모두 인정할 정도로, 그 경기는 운이 매우 많이 따라 줬었다.

이번에도 그런 운이 따라 주길 바라는 건 무리가 있었으니.

사람들은 자연히 국가대표팀에서 비어 있는 한 자리.

성지한을 떠올렸다.

-성지한 님이 한 번만 나와 주면 안 되나…….

-애들 싸움에 어른 부르는 격인데 그거.

-에이 딱 한 번만 부르자 ㅎㅎㅎㅎ 빽 좋다는 게 뭐겠음?

-빵즈들은 성이 치르는 대업을 사소한 경기로 발목 잡지 마라.

-그래 인류를 위해 우주를 오가는 그를 국가대표 경기 따위에 부를 셈이냐?

-중국 놈들 성지한 올까 봐 경계하는 거 봐라 ㅡㅡ

-정론이긴 하네 ㅅㅂ ㅋㅋㅋㅋ

한국 사람들은 성지한이 한 번 나서 줘서 1등을 확정 지었으면 했지만, 사실 큰 기대는 하지 않고 있었다.

스페이스 리그에서 인류의 승리를 책임지고 있는 데다가, 성좌 후보자가 되어서 홀로 아무도 밟아 보지 않는 길을 걸어가고 있는 그가.

이미 우승도 해 본 국가대표 경기를 나올 것 같진 않았기 때문이다.

=이번에도 중국이 성지한 선수를 밴할지 안 할지에 대해 세간의 관심이 집중되고 있습니다.

=저번 경기에서도 중국은 확신을 지닌 듯 1경기부터 성지한 선수를 밴하지 않았죠? 다른 나라들은 1, 2경기는 성지한 선수를 밴하던 모습과는 대조되게 말이죠.

=맞습니다. 그래서 배틀넷 센터의 보안이 잘 안 지켜지는 거 아니냔 이야기가 많았죠.

=그래서 해설자님이 보시기엔, 성지한 선수께서 오늘 출전하실 것 같습니까?

=그랬으면 좋겠습니다만…… 근래 성지한 선수께서 큰 경기를 치르지 않았습니까? 이 경기까지 챙겨 주실지…….

해설자까지도, 성지한의 출전에 대해서는 가능성이 높지 않다고 보는 상황.

하나 배틀넷 센터에서는.

"지, 지한아……!"

성지한이 그러한 예측을 뒤엎고 급작스레 방문한 상태였다.

"아, 감독님. 잠깐 놀러 왔습니다."

성지한은 노영준 감독에게 꾸벅 인사하며.

"1경기에서 저 밴 안 하면, 가볍게 1승만 따 놓고 가겠습니다."

"오, 저, 정말인가? 그럼 너무 고맙지!"

온 김에 1경기 출전 의사를 밝혔다.

그러자 노영준 감독의 얼굴에, 대번에 화색이 돌았다.

'안 그래도 제갈헌이 강해져서 걱정이었는데, 지한이가 출전한다면 이번 게임 쉽게 이기겠어……!'

성지한이 벌어 온 종족 보너스 덕분에, 엄청난 수혜를 보게 된 중국 대표팀.

이에 반해 한국 대표팀은 원래 약점이 마법사 클래스였던지라, 전력 차이가 더욱 커진 상황이었다.

하지만 성지한이 출전한다면 다르지.

"아, 그런데 지한아. 이왕 출전할 거…… 잠깐 여기 감독실에 있다가 1경기 시작 전에 나와줄 수 있겠니?"

"감독실에 있다가 말입니까?"

"그래. 사실 저번 중국과의 경기 때, 저쪽에서 우리 쪽 전략을 상당히 많이 파악해 뒀었거든. 네가 없는 것도 실시간으로 알았는지, 밴도 안 하고 말이지."

"내부에 중국에 정보를 넘기는 사람이 있는 겁니까?"

"……아마도. 몇몇 사람이 의심되기는 하는데, 아직 확실하진 않아."

노영준 감독을 미간을 찌푸리며 말을 이었다.

"하나 지금 당장은 스파이 색출보다, 이번 경기 승리가 더 중요하니까. 감독실에 잠시 있다가 내가 연락하면 센터의 선수 대기실로 와 줬으면 하네."

"그렇게 하죠. 감독실 구경이나 하고 있겠습니다."

"그래. 편히 쉬고 있게. 금방 경기 시작할 거야."

스으윽.

노영준 감독이 그렇게 감독실에서 나가고.

성지한은 감독실을 잠시 둘러보다, 소파에 앉아 스마트폰을 꺼냈다.

'다들 내가 출전할 거라 생각은 안 하는군.'

실시간으로 올라오는 시청자들의 반응을 보면서, 피식 웃던 성지한은.

똑똑.

"……계십니까?"

밖에서 스태프로 추정되는 사람의 목소리가 들리자, 굳이 대답을 하지 않았다.

혹여나 그가 들어오면, 없는 척하면 되겠지.

일반인을 상대로 기척을 숨기는 거야, 성지한 정도 경지면 너무나도 쉬운 일이었으니까.

하지만.

똑똑똑.

"……성지한 님. 계십니까?"

그 스태프는 성지한의 이름을 콕 집어, 다시 노크를 했다.

'내가 여기 있는 건 어떻게 알았지? 이제 경기가 시작될

거라서 감독님이 코칭스태프에게 호출을 부탁한 건가?'

아직 시작하려면 몇 분 더 남았는데.

성지한은 고개를 살짝 갸웃하고는, 그에게 대답했다.

"예, 있습니다. 들어오세요."

덜컥.

문을 열고 들어오는 코칭스태프.

평범한 인상의 청년은, 지친 안색으로 성지한 쪽을 향해 걸어왔다.

"감독님이 지금 출전하시랍니까?"

"아니요. '그분'의 말씀을 전하러 왔습니다."

"그분? 그분이 누구죠?"

"그분은……."

코칭스태프는 누가 있는지 확인하듯 주변을 두리번거리더니, 성지한 쪽으로 다가왔다.

그러며, 목소리를 낮추었다.

"길가메시 님…… 입니다."

* * *

'길가메시…… 그놈 참 활동 한번 활발히 하는군.'

성지한은 스태프에게 길가메시의 이름을 듣고는 미간을 찌푸렸다.

길가메시의 위험성에 대해서, 여러 번 대중들에게 알렸음에도.

그는 어째 음지에서 계속 세력을 키워 온 것 같았다.

이렇게 한국인 스태프까지, 길가메시의 말을 전한다고 하는 걸 보면.

"그래…… 뭐라고 합니까?"

성지한은 어디 이야기나 들어 보잔 심산으로 스태프에게 물어보았다.

그러자.

"투성의 비밀에 대해 알려 주겠다…… 고 하셨습니다."

"투성의 비밀?"

"예. 듣고 싶다면 이번 중국전에 꼭 나오시라고 하십니다."

"거기야 뭐, 나갈 생각이었습니다만."

왜 콕 집어 중국전에 나오라고 하는 거지?

'중국 선수들을 이미 후원하고 있나.'

저번에 종족 진화 때 다이아 TOP 100을 후원했던 성지한.

그 안에는 중국의 국가대표 선수들도 상당수가 포함되어 있었다.

근데 길가메시는 그 중, 성지한에게 후원받지 않은 이들에게 손을 뻗은 건가.

진짜 끈질긴 놈이군.

"그럼. 이만 가 보겠습니다. 아, 그리고…… 사표도, 내겠습니다."

길가메시의 하수인 역할을 하는 게 들켰으니, 사표를 내겠다는 상대.

성지한은 고개를 끄덕였다.

"……그렇게 하시죠. 그런데, 어떻게 그에게 후원을 받은 겁니까? 플레이어도 아닌 것 같은데."

"후원이라니. 감히 태초의 왕께 제가 어찌 후원을 받겠습니까? 다만 그분의 전언을 들었을 뿐입니다."

"어디서 들었죠?"

"……가족 중에, 종족 진화 후 귀가 나온 사람이 있습니다."

귀가 나왔다라.

"가족이 하프 엘프 커뮤니티에 들어간 겁니까?"

"예, 거기서…… 왕의 말씀을 전해 들었습니다."

윤세아도 들어갔었던, 하프 엘프 커뮤니티.

거긴 '투성의 주인'이란 이름으로, 길가메시가 성좌명을 바꿔서 활동하며.

귀 나온 플레이어들을 전폭적으로 후원하면서 세력을 넓히던 곳이었다.

'배틀넷 연맹에게 이곳에 대한 대책을 부탁했는데 어째 세력이 더 커진 거 같군.'

역시 배틀넷 연맹.

일 처리가 빠릿빠릿하질 못하네.

'그래도 이 일까지 내가 처리할 순 없어.'

안 그래도 할 일이 얼마나 많은데.

외국에서 만들어진 하프 엘프 커뮤니티까지 폐쇄하러 쫓아다니는 건 무리였다.

경고야 줄만큼 줬으니, 이러고도 처리가 안 되면 어쩔
수 없었다.

그렇게 스태프가 나가고 얼마 안 있어.

부르르르…….

성지한의 핸드폰에서 진동이 울렸다.

[지한아. 이제 시작한다.]

노영준 감독에게서 온 전화였다.

* * *

배틀넷 센터의 선수 대기실.

"서, 성지한 선수……!"

"오늘, 출전하시기로 하셨나?"

"감독님껜 그런 소식 못 들었는데……!"

한참 게임을 준비하던 선수들, 성지한이 들어서자 화
들짝 놀랐다.

그리고.

"와…… 성지한 선수를 직접 보게 될 줄이야……."

"뭐야. 너 지금까지 한 번도 못 봤어?"

"네! 저 슈퍼컵 이후 들어왔거든요!"

슈퍼컵 이후에 국가대표에 들어온 선수들은 성지한을
보며 눈을 반짝였다.

국가대표 선수들 사이에서도, 그는 이제 우상이자 경외
의 대상으로 자리매김하고 있었으니.

신입 국가대표 선수 중에선, 성지한을 직접 보고 싶어서 국가대표를 꿈꿨다는 사람들도 많았던 것이다.

'흠······.'

성지한은 그런 선수들을 한번 둘러보다, 노영준 감독에게 다가갔다.

"감독님. 바로 준비하면 됩니까?"

"그래. 이제 바로 밴, 셀렉트 카드를 뽑을 시간이야."

"알겠습니다."

그렇게 성지한이 출전 준비를 하자.

"오······ 진짜 같이 출전하는 거야? 성지한 님이랑?"

"중국전 걱정했는데 손쉽게 이기겠네."

"그러니까. 지역리그 1등은 확정이다."

1경기를 걱정하던 선수단의 분위기가 금방 풀어졌다.

하지만.

=자······ 드디어.

=1경기 밴, 셀렉트. 이제 시작합니다!

=어······ 중국 감독! 대표팀의 1위를 밴합니다······.

=이건 성지한 선수를 밴하겠다는 뜻이죠! 저번 경기에선 1경기부터 풀어 주더니, 이번엔 판단이 180도 다르군요?

=아무래도 중요한 경기라, 성지한 선수가 나올 수도 있다고 생각한 걸까요?

중국 감독이 성지한을 밴하자 선수단이 술렁이기 시작

했다.

"뭐, 뭐야. 어떻게 알고 성지한 님을 밴한 거지……."

"그냥 제갈헌도 강해졌겠다, 혹시나 하는 가능성을 봉쇄하려고 그런 건가?"

"그래도 이상하네……."

저번과는 180도 다른 중국 감독의 판단을 두고, 선수들이 갑론을박을 벌이는 사이.

성지한은 눈빛을 가라앉혔다.

길가메시는 분명, 중국전에 나오라고 했는데.

중국 감독이 어찌 알고 딱 밴을 해 버렸네.

'아까 그 스태프는 길가메시의 명을 받고, 나에게 경기에 나오라고 했으니 범인이 아닐 테고…….'

감독실에 오기까지, 마주친 사람도 없으니.

중국 감독에게 성지한의 소식을 전할 사람은, 이 선수 대기실 안의 사람밖엔 없다.

'지금이야 다들 놀란 척하지만…….'

스으윽.

성지한이 무혼을 통해, 감각을 증폭시키자.

수많은 사람들 중, 단 한 사람만 심장 박동이 필요 이상으로 빨리 뛰는 걸 느낄 수 있었다.

'어디 한번, 봐 볼까.'

휙.

성지한은 스마트폰을 꼭 쥐고 있던 남자의 옆에 섰다.

"히익? 뭐, 뭐…… 뭡니까?"

그러자 필요 이상으로 당황하는 남자가 폰을 얼른 더 터치하려 했지만.

"실례 좀 하죠."

스으으윽…….

그의 손에서 스마트폰이 저절로 빠져나가더니.

성지한의 눈앞에 둥둥 떠올랐다.

[긴급. 성지한 출전.]

폰 화면 위에 짧게 떠올라 있는 메시지.

성지한은 그걸 보고 입꼬리를 올렸다.

"국가대표 선수가 경쟁국에 정보를 팔아먹을 줄은 몰랐네요."

"아. 이, 이건……."

"아니, 진수 너……."

"설마 네가 보낸 거야? 저번에도?"

성지한이 문자를 만천하에 공개하자, 사람들이 경악한 얼굴로 남자를 바라보았다.

아니, 정보가 새어 나가도 스태프 쪽이 루트가 아닐까 싶었는데.

국가대표 선수까지 되놓고 왜 정보를 팔아먹어?

"이분은 퇴출시키구요."

"아. 저, 그게, 잠시만요. 그……."

"스태프분들이 데리고 가긴 힘들겠군요. 점혈 찍어드리겠습니다."

탁. 탁.

동방삭에게 배운 역천혼류를 남자에게 쓰자.

"억⋯⋯."

그대로 꼼짝도 못 한 채 픽 쓰러지는 범인.

무혼이 봉쇄돼도 움직일 순 있었던 성지한과는 달리, 이 사람한테는 효과가 너무 좋았다.

'⋯⋯그래도 호흡은 하네.'

성지한은 상대가 숨은 쉬는 걸 확인하고는, 스태프들에게 이 사람을 내보내라고 손짓했다.

그렇게 들것에 실려 쫓겨나가는 범인.

"와⋯⋯ 중국팀. 준비 철저하네. 국가대표 선수를 매수할 줄은 몰랐어."

일련의 소동을 지켜본 윤세아가 고개를 설레설레 내저으며 다가왔다.

"근데 삼촌⋯⋯ 저 사람이 범인인 줄 어떻게 알았어?"

"심장이 좀 빨리 뛰길래 혹시나 해서 가 봤지."

"⋯⋯그게 느껴져?"

"알려고만 하면, 다 알 수 있지."

"역시 성좌 후보님⋯⋯."

윤세아는 그러면서 입맛을 다셨다.

"중국전 삼촌 덕에 쉽게 이기나 했더니 아쉽게 됐네. 밴 당해서."

"내 덕을 왜 못 봐?"

"응? 그야⋯⋯ 못 나가잖아?"

"다른 방식으로 덕을 보면 되지. 세아야. 오랜만에 언데드 좀 되어 볼까?"

"아……!"

아무리 저쪽에서 성지한의 출전을 막아 보려 한들.

그가 써먹을 수 있는 카드는 아직 남아 있었다.

"치트키 쓰려고?"

"어, 첩자를 심은 대가를 치르게 해 줘야지."

"오늘 경기, 빅매치라고 사람들이 기대 많이 했는데…… 게임 시시해지겠네."

"그래서, 싫어?"

"아니. 완전 좋은데? 자고로 게임에선 꽁승이 최고잖아."

씨익.

윤세아는 만면에 미소를 지었다.

"내가 삼촌을 대신해서, 다~ 박살 내고 올게."

그리고, 곧바로 진행된 게임에서.

=어……!

=유, 윤세아 선수. 돌진합니다!

=이건, 언데드화인가요……!? 무지막지한 위력이군요!

=중국의 진영, 무너집니다……!

그녀는 자신의 말을, 그대로 지켰다.

4장

4장

중국전 1경기.

=어……!
=윤세아 선수, 평소와는 모습이 다릅니다.
=이거, 언데드화 때의 모습…… 아닌가요?
=언데드화라면 설마…….
=성지한 선수, 혹시 대기실에 있었던 겁니까!?
=윤세아 선수! 혼자 돌진합니다!

　게임이 시작하자마자, 언데드화 된 윤세아는 홀로 중국
의 진영에 돌진했다.
　"아닛, 언데드화라니…….."
　"정말 성지한 선수가 대기실에 있었던 건가??"

"왜 하필. 이때……!"

"서포터! 신성력으로 대응해 봐!"

언데드화의 위력을 알고 있는 중국 대표팀은, 어떻게든 그녀에게 대항해 보려고 했지만.

쾅! 쾅!

공허의 힘이 증폭된 윤세아는 적진을 그대로 초토화시켰다.

-와 언데드화라면…….

-성지한 나왔구나? ㄷㄷ

-갑자기 중국에서 왜 성지한 밴하나 했네.

-응? 근데 중국은 어떻게 안 거임?

-그러게 정보가 새어 나가나;

-근데 성지한 안 나와도 낙승할 듯 ㅋㅋㅋㅋ

밴당해도, 이제는 게임에 영향력을 끼칠 수 있는 성지한.

그는 출전하지 않았음에도 1경기를 뒤흔드는 막대한 존재감을 내보이고 있었다.

=1경기, 끝이 납니다!

=미국전에서 보여 주었던 언데드의 힘이 또다시 드러 났네요!

=제갈헌이 강해졌다고 해도, 역시 이 힘에는 안 되는 군요.

=오늘 경기는, 동북아시아 1등을 결정지을 가장 중요한 경기였는데…… 아무래도 성지한 선수가 나섰으니, 결과가 좋을 것 같죠?

=예, 맞습니다. 제갈헌 선수가 강해져서 우려되었는데, 걱정을 놓아도 될 것 같습니다!

1경기가 승리로 끝나자, 들뜬 기색을 숨기지 않는 해설자들.

이번 지역 리그에서 가장 중요한 중국전에, 성지한이 나와 줬으니.

이제 게임은 볼 것도 없다고 판단한 것이다.

─아…… 성지한…… 왜 나오는 거야…….

─지역리그 계속 안 나오더니 왜 하필 오늘…….

─밴해도 소용이 없네 이거.

─그냥 TV 껐다. 어차피 3:0이다 이거.

─이왕 이렇게 된 거 성지한 밴이나 풀어 버려 그가 게임하는 거나 보게.

그리고 중국에서는.

1경기 패배 후, 시청자들이 실망감에 우수수 빠져나갔다.

언데드화 된 윤세아도 못 이기는데, 무슨 희망이 있겠는가.

한편.

치이이익…….

배틀넷 커넥터에서 나온 윤세아는, 성지한에게 다가와 말했다.

"삼촌, 언데드화 이거…… 더 강해졌는데?"

"그래? 그간 공허도 성장해서 그런가 보네."

"응. 스페이스 리그에서도 더 활약할 수 있겠어."

휙. 휙.

1경기 때 중국진을 초토화시킨 감각을 못 잊었는지 활 쏘는 시늉을 하는 윤세아.

"삼촌 밴 계속 당하면 이번 시리즈 MVP는 내가 따겠네."

"……지한아. 나한테는 언데드화 효과가 안 받나?"

"매형은 공허가 없어서 인게임에서만 될 겁니다."

"그래…… 아쉽네."

윤세아에게 활약이 완전히 밀려 버린 윤세진은 아쉬운 듯 입맛을 다셨다.

"2경기도 그럼 삼촌 밴당할 테니, 아까처럼 할까?"

"그래."

이렇게 윤세아가 게임을 끝내면, 중국전에 나오라는 길가메시의 전언을 따르지 못하게 되겠지만.

'그건 저쪽에서 어떻게든 해내야지.'

경기에서 밴을 계속 당하는데, 무슨 수로 게임에 나가겠나.

그렇게 하고 싶은 말이 있으면, 지가 알아서 나올 수 있게 하겠지.

성지한은 그리 생각하며, 윤세아에게 가했던 불사의 축복을 갱신했다.

그리고 2경기가 들어서자.

=어…… 성지한 선수를 밴하지 않습니다! 대신, 1-10위 2명 밴을 했군요!

=중국 감독, 무슨 생각이죠? 이러면 성지한 선수가 밴에서 풀리게 되는데…….

=어차피 성지한 선수가 밴 당해도, 윤세아 선수가 언데드가 되면 질 테니 1-10위에 두 명이 걸리길 바라는 건가요?

=그렇게 둘만 쏙 밴을 당하는 건, 확률적으로 너무 희박한데요…….

=하지만 중국 입장에선, 이런 도박수를 쓸 정도로 승률이 희박하긴 합니다!

"중국 감독이 전략을 바꿨네."

"1-10위 2명 밴이라…… 요행을 바란 건가."

세계 2위 팀이, 꺼낼 카드가 없어서 저런 운에 맡기는 밴 카드를 던지다니.

선수들은 중국 감독이 꺼내든 밴 카드를 보면서, 절로

웃음을 지었다.

그리고.

=아, 중국의 밴. 나름 적중했습니다!

=윤세진 선수와 윤세아 선수가 나란히 밴을 당하는군요!

=성지한 선수가 없었다면, 2경기는 힘들 뻔했어요.

=하지만…….

=살았죠?

성지한이 없었다면, 중국에 완벽한 승리를 가져다 줬을 만한 밴 카드.

하나 랭킹 1위가 살아남아서, 그 카드의 효력은 없는 것이나 다름없었다.

"갔다 올게."

"응. 빨리 끝내고 와~ 3경기 바로 들어갈 준비하고 있을게."

성지한이 출전하면, 국가대표 경기쯤이야 1분 안에 끝나겠지.

윤세아는 그렇게 생각하며, 바로 다음 경기 출전할 준비를 하고 있었지만.

"아니, 좀 걸릴 수도 있어."

"잉? 삼촌이 나가는데?"

성지한은 고개를 끄덕였다.

중국 선수들을 그냥 힘으로 찍어 누른다면, 1분도 안 돼서 게임을 끝낼 수야 있었지만.

투성의 비밀을 알려 주겠다는, 길가메시의 전언을 들으려면 시간이 좀 걸리겠지.

'거기에 그걸 그놈이 바로 알려 줄 리가 없지. 인게임에서 또 뭔가를 해 놨을 거다.'

성지한은 길가메시가 얌전히 있지 않을 걸 확신하곤, 윤세아의 머리를 가볍게 두드렸다.

"어, 그러니까 쉬고 있어."

"응⋯⋯."

획!

그러곤 배틀넷 커넥터로 들어가는 성지한.

윤세아는 그의 뒷모습을 보며 생각했다.

'⋯⋯오래 걸려 봤자 2분 컷 아닌가?'

그만큼 힘의 차이는, 압도적이었으니까.

하나.

"어⋯⋯ 진짜, 안 끝나네⋯⋯."

게임은 성지한의 말대로, 바로 끝이 나질 않았다.

* * *

2경기 맵, '대수림'.

거대한 나무가 빽빽이 들어선 숲은.

배틀넷의 게임 맵 중에서도, 플레이 시간이 길기로 유

명한 맵이었다.

이 거대한 숲은 워낙 숨어 있을 곳이 많아서.

각 팀의 생존자들이 은폐하여 게릴라전을 펼치면 시간이 질질 끌리곤 했으니까.

하지만.

-몇 분 예상?

-5분.

-1분.

-ㄴㄴ 검 한 번 휘두르면 끝이니 30초?

-대수림 맵이라 그렇게 빨리는 안 끝날 걸 게릴라전하면 애들 찾는 데 오래 걸려.

-그러니까 성지한이 귀찮아서라도 시간 끌지 않고 깰 거 같은데.

-이건 내기 없나? ㅋㅋㅋ

성지한이 나선 이상, 아무리 대수림 맵이라고 해도 오래 걸리진 않겠지.

게임의 승패는 이미 정해진 거나 다름없었으니, 시청자들은 얼마나 빨리 그가 이길지에 대해 관심을 보이고 있었다.

그렇게 시작된 게임.

'일단 중국 진영에 가 볼까.'

휙!

성지한은 게임이 시작하자마자, 바로 숲속을 주파했다.

원래는 상대 팀의 위치를 찾는 것부터가 오래 걸리는 맵이었지만.

'여기네.'

성지한이 감각을 확장하자, 그들이 어디 있는지 바로 포착되었다.

툭!

성지한이 중국 선수들 앞에 서자.

"아니, 벌써 우릴 찾았다고……."

"서, 성좌님……."

"으으…… 바로 다음 경기인가."

"왜 밴 안 한 거야……."

움찔하면서, 슬금슬금 뒤로 물러서는 플레이어들.

그중에는 성지한을 후원 성좌로 받아들인 사람들도 있었다.

-1분 컷 견적 나왔네.

-자신의 성좌한테 죽으면 어떤 기분일까 ㅋㅋㅋ…….

-그냥 빨리 끝내 주는 게 매너지 ㅇㅇ

-ㄹㅇ 갈아 버립시다 빨리.

이제 성지한이 검 한 번 뻗으면, 끝날 거라고 모두가 예상하고 있을 때.

"서, 성지한……."

"드, 드디어 왔군······!"

중국인 플레이어 중, 귀가 살짝 나온 이들 5명이 몸을 떨면서 앞으로 나섰다.

"······."

"어, 어이. 뭐 해?"

"진영을 이탈하면 어쩌자고!"

갑작스런 선수들의 돌출 행동에, 오히려 같은 팀이 당황하는 사이.

"와, 왕께서! 널 심판하실 것이다······!"

"태초의 왕께 귀의하노니! 이 한 몸 바치겠습니다······!"

푹!

인벤토리에서 일제히 단검을 꺼낸 플레이어들이 자신의 가슴을 찔렀다.

"크으으······."

"소, 소환 의식을 시작한다······."

맨 앞에 선 중국 플레이어가 그리 말하자.

검이 꽂힌 자리에서 흐르는 피가 땅에 모여, 마법진을 그리기 시작했다.

5인의 피가 흐르니, 마법진은 차근차근 완성되어 갔지만.

─느려······.

─태초의 왕 이ㅈㄹ 하는 거 보니 또 길가메신가?

─귀 튀어나온 거 보면 맞는 듯.

–근데 성지한은 왜 지켜만 보고 있음?

–원래 변신이나 소환할 때는 기다려 주는 게 매너임.

피의 마법진이 무언가를 소환할 때까지는, 시간이 상당히 걸렸다.

"……언제 끝나냐?"

"기, 기다려라……! 피가…….."

완성까지 기다려 줬더니, 진짜 가지가지하네.

성지한은 미간을 찌푸리며, 저들 뒤편에 있던 중국 선수에게 이야기했다.

"여러분? 동료들 힐 좀 주시죠. 피 부족하답니다."

"네, 넷. 성좌님! 그레이트 힐!"

성지한의 말을 받아서, 또 힐을 주는 중국 플레이어들.

그렇게 성지한의 묵인하에, 중국 플레이어들의 합작으로 마법진이 그려진 결과.

"돼, 됐다……!"

슈우우우……!

마법진 안에서, 황금의 탑이 서서히 올라오기 시작했다.

예전에 보았던 바벨탑의 미니어처 버전인, 황금탑은.

휘잉. 휘잉.

한 바퀴를 회전하더니.

[성지한. 나의 것이 되거라.]

스르르릉!

수십 갈래의 핏빛 사슬이, 그 안에서 튀어나와 성지한

을 향해 날아왔다.

'천수강신인가. 근데 뭐 이리 약해?'

제물들이 형편없어서 그런가.

막으려면, 금방 막을 수 있는 핏빛 사슬.

성지한은 이걸 바로 막을까 하다가.

'아니…… 뭔 소리 하는지는 들어 봐야지.'

팔 한쪽을 내밀어 주었다.

그러자.

스르르륵!

그의 오른팔에 일제히 감기는 사슬.

물론 바벨탑의 핏빛 사슬은, 성지한의 몸 여기저기를 노리긴 했지만.

"다른 데는 가지 말고."

성지한이 공간을 움직여, 다른 쪽의 움직임은 바로 차단하자.

사슬은 그의 팔에만 정착할 수밖에 없었다.

슈우우…….

그렇게 팔에 감기자, 황금의 빛을 내뿜기 시작하는 사슬.

"야, 간지럽다."

[간지럽다…… 이 정도는 네게 아무런 해를 끼치지 못하는구나.]

"설마 저런 제물로 가능할 거라 생각했냐?"

[혹시나 했지. 나도 큰 기대는 하지 않았다.]

번쩍! 번쩍!

그러면서, 사슬의 황금빛이 더 강해지고.

성지한의 뇌리에, 하나의 영상이 각인되기 시작했다.

[이건, 내가 최근 보았던 것이다.]

길가메시, 자신의 기억을 영상처럼 보낸 건가?

성지한은 이를 지켜보았다.

'여긴 투성이군.'

하늘에 성좌의 무구가 떠 있는, 황량한 별 투성.

길가메시의 기억 속에는 어둠에 가려진 무신이 전신에
검붉은 빛을 발하고 있었다.

그리고 그 빛이, 하늘 위로 뻗어 성좌의 무구에 닿자.

화아아아악……!

안 그래도 강했던 무신의 힘이 눈에 띄게 증폭하기 시
작했다.

'……성좌의 무구에 저 정도의 힘이 있었나?'

성지한도 투성의 별은 이전에 한 번 직접 본 적이 있었
다.

바로, 동방삭이 무혼을 포기하라고 하면서 투성에 그를
소환했을 때.

능력을 포기하면 저 무구 중 하나를 대신해서 주겠다고
했었지.

그땐 그냥 무시했지만.

'저렇게까지 강한 힘이 들어 있는 줄은 몰랐는데…….'

비록 길가메시의 눈으로 본 거긴 했지만.

성좌의 무구에 연결된 무신은, 그렇지 않을 때보다 적어도 열 배 이상은 강한 기운을 내뿜고 있었다.

안 그래도 그냥 무신일 때도 좁히기 힘들어 보이던 격차는.

성좌의 무구와 그가 링크되자, 훨씬 더 많이 벌어지고 있었다.

그렇게 무신이 힘을 증폭시키는 걸 보여 주곤, 영상이 꺼지자.

[보았느냐.]

사슬 안에서, 길가메시의 목소리가 들려왔다.

[아무리 성좌의 무구라고 한들, 저렇게 힘을 증폭시킬 수는 없다. 무신을 10배 더 강화시킨다니⋯⋯ 불가능한 일이지.]

"⋯⋯."

[근데, 어떻게 가능한 걸까. 나는 그것이 너무 궁금했다. 그래서, 성좌의 무구에 대해 따로 조사를 해 보았지. 내, 총력을 다해서.]

스윽.

새롭게 화면이 바뀌고.

반파되어, 투성의 바닥에 떨어져 있는 무구가 성지한의 눈에 들어왔다.

이건, 길가메시가 투성에서 찾아낸 건가.

[그리고, 곧 하나의 사실을 알아냈다.]

"⋯⋯그게 뭐지?"

[이 무구에는, 거대한 데이터가 새겨져 있었어. 인류가 배틀넷에 진입했다가, 강등되어 멸망할 때까지의 기록이.]

배틀넷에 진입했다, 멸망할 때의 기록이라니.

성지한은 미간을 찌푸렸다.

그 기록은, 예전 생에서 자신이 겪었던 일 아니던가…….

[그리고 이 데이터 속에서 나는 무신에게 결국 패배했고…… 너는, 인류 중에선 마지막까지 살아남아 있더군.]

"……내가?"

[그래, 성지한. 나와 손을 잡자.]

그간 길가메시의 목소리는, 언제나 자신만만했지만.

성지한에게 협조를 요청하는 이때만큼은, 힘이 빠져 있었다.

[하늘에 성좌의 무구가 있는 채로는, 그 누구도 무신을 이길 수 없으니…… 너와 나는 그를 상대로, 협력을 해야 한다.]

* * *

'투성의 비밀을 알려 주겠다더니, 진짜였군. 정보는 얻었네.'

성좌의 무구.

그것이 무신의 힘을 증폭시켜 준다는 사실은 성지한으로서도 예상하지 못한 일이었다.

거기에, 성좌의 무구에 인류가 배틀넷에 진입했을 때부터 멸망할 때까지의 기록이 새겨져 있다니.

'……태극의 망혼 속, 수없이 죽어 갔던 내가 떠오른다.'

여러 가지, 동시다발적으로 떠오르는 이미지가 있었다.

태극마검에 갈려서, 어비스의 주인 안에 섞여 있는 성지한의 잔해.

그리고 시간을 되돌리는 능력을 지녔던, 세 번째 종의 금륜적보…….

'힘은 성좌의 무구에 봉인하고. 인류가 멸망했을 때, 시간을 되돌린다…… 그러한 과정을 수백, 수천 번 반복하면. 지금의 투성의 하늘에 놓인 성좌의 무구처럼 숫자가 많아지겠지.'

무신이 어떻게 일을 진행하는지는 아직 정확히 알진 못했지만.

성지한은 대략적으로 그런 프로세스로 진행되지 않을까 추측했다.

한편.

성지한이 그렇게 생각에 잠겨 대답을 하지 않자.

[물론 내가 협력하자고 해도, 쉽게 믿긴 힘들겠지.]

그가 거절하는 줄 알고, 길가메시가 다시 운을 떼었다.

"그거야 그렇지."

[하나 우리의 다툼은 사소한 것. 공동의 적인 무신의 힘은, 이미 한 명이 감당하기엔 너무나도 강력하다. 그래. 내가 신뢰를 위해, 세계수가 봉인된 봉인지를 알려 주지.]

큰맘 먹고 내가 먼저 정보 풀겠다는 길가메시.

[너희 나라가 있는 자리와 가까운 곳이다.]

하나 성지한은 그 말을 듣자마자 피식 웃었다.

"거긴 이미 아는데?"

[……그런가? 음. 생명의 기운을 어디서 더 얻었나 했더니…… 거기서 지배 코드를 더 완성할 수 있었던 건가.]

성지한의 대답에, 종족 진화 당시 지배 코드가 완성된 이유를 알게 된 길가메시는.

[그럼…… 봉인지 안의 세계수를 지배할 용어를 알려주지.]

스릉. 스릉.

팔을 묶었던 사슬이 요동치고.

성지한의 눈앞에, 문자가 떠올랐다.

지배 코드를 이루던 문자와 비슷한 류의 글자는.

[뱀의 목을 벨 시간이다.]

라는 뜻을 지니고 있었다.

[세계수에 이것을 작성하면, 봉인을 쉽게 해제할 수 있을 것이다.]

"뱀은……."

[무신이지.]

스르릉…….

길가메시의 사슬이 점차 풀리고.

그의 음성이 점점 미약하게 들려왔다.

[세간에 퍼진 나의 서사시에선, 뱀이 불로초를 가져갔

다고 나와 있다만. 오히려 실상은 반대였지. 나는 뱀에게
불로불사를 받았다…….]

"……."

[세계수의 봉인을 풀어, 거기서 너는 힘을 얻어라. 그
후, 협력에 대한 이야기를 하지.]

길가메시의 사슬은, 그렇게 용건을 다 전하고는 사라졌
다.

'이거 그냥 지가 세계수의 봉인을 풀고 싶은 거 같은데.'

말로는 협력을 위해, 내가 먼저 정보를 알려 준 거다라
고 했지만.

길가메시의 진짜 목적은 세계수의 봉인을 푸는 데 있는
거 아닌가.

성지한은 그리 생각하면서도, 일단은 봉인 해제 문구를
기억해 두었다.

그리고.

"……."

"끝…… 인가?"

그렇게 기껏 5명이 희생해서 만들어 낸 사슬이 사라지자.

그저 멀뚱멀뚱 성지한만을 바라보고 있는 중국 선수들.

=아, 방금은 뭐였을까요?

=아까 마법진 안에서 나온 건 바벨탑…… 인가요? 그
건 분명 길가메시의 것 아니었습니까?

=그를 추종하는 세력이 아직 있는 것도 마음에 걸리는

데, 중국 대표팀 안에 5명이나 있을 줄이야……!

=그런데 그렇게 소환한 것치고는, 너무 쉽게 사라졌군요.

=성지한 선수를 얽매기보다는, 오히려 이야기를 나누는 분위기였습니다.

=예. 무슨 말을 했는지는 들리지 않았지만요…… 입이 움직였었죠?

해설자들이 2경기 상황을 보면서 그리 의문을 표하고.

－쟤네 왜 공격 안 함? 성지한 잡혀 있었는데

－잡혀 있긴 팔 한쪽만 감긴 채 편안히 대화 나누더만 ㅋㅋㅋ

－거기에 애초에 공격해도 데미지 1도 안 박힘 ㅋㅋㅋㅋ

－ㄹㅇ 딜이 박혀야 딜을 넣죠.

－근데 무슨 이야기 한 걸까?

－성지한이 개인방송을 안 틀어서 아쉽네; 중계화면으론 도저히 모르겠음.

시청자들도 성지한이 입술을 달싹이는 걸 보면서, 무슨 이야기를 했는지 궁금해했다.

스으윽.

성지한은 바벨탑과 마법진이 사라지는 걸 보더니.

"다들 기다려 주셔서 감사하군요."

나머지 중국 선수들을 스윽 돌아보았다.

"그럼, 일단 2경기부터 끝낼까요?"

슈우우우…….

성지한의 팔에서 암검이 생성되자.

"사슬에 피해를 전혀 안 입었나……?"

"마, 막아……!"

중국 선수들이 이에 얼른 대처하려고 했지만.

휙!

검이 횡을 벤 것이 먼저였다.

툭. 툭…….

일제히 두 동강이 난 채, 떨어지는 중국 선수의 신체.

그리고 동시에.

쿵! 쿵!

대수림 안의 나무들이 모조리 쓰러지기 시작했다.

[2경기가 종료됩니다.]

그리고 바로, 경기 종료 메시지가 떠올랐다.

* * *

2경기가 끝난 후.

=2경기 종료됩니다!

=중국 선수들, 단 한 명도 성지한 선수의 일검을 막지

못합니다……!

=사슬에 묶였을 때만 해도 혹시나 했는데, 역시나 하는 결과가 나왔네요!

=1, 2경기 모두, 한국이 승리하며 유리한 고지를 점합니다!

해설자들은 당연하다는 어투로 승리를 이야기했다.

-키야…… 역시 일겜!

-1분 만에 끝내진 못했지만, 저 사슬 아니었으면 30초도 가능했을 듯.

-중국 선수들 너무 게임 빨리 포기한 거 아님?

-ㄴㄴ 나름 막아 보려고 함 막질 못했을 뿐이지.

-국가대표 경기에서 성지한 카드는 너무 치트키네 ㅋㅋㅋ

시청자도, 해설자도.

심지어 중국 대표팀 선수들까지 모두 다 예상한, 일방적인 게임.

'이 정도면 됐겠지.'

성지한은 이쯤에서 국가대표 경기의 개입을 그만두기로 했다.

1, 2경기를 승리로 이끌었으니, 나머지 경기에선 한국 국가대표팀이 알아서 해 줘야지.

거기에.

'세계수의 봉인, 빨리 살펴봐야지.'

이제 역천혼류도 이겨 냈겠다.

세계수를 지배할 문자도 배웠겠다.

준비는 끝났으니, 조금이라도 더 빨리 심해의 구궁팔괘도를 더 공략해야 할 것 같았다.

"삼촌, 가게?"

"어, 남은 3게임 중 하난 이길 수 있지?"

"당연하지!"

"좋아."

성지한은 자신만만해하는 윤세아에게 손을 뻗었다.

슈우우우우……

그러자, 그녀를 언데드화했던 공허의 힘, 불사의 축복이 성지한에게로 다시 회수되었다.

"이거 없이도 가능하지?"

"다, 당연하지. 1게임은 이기겠지……?"

그러자 급격하게 자신감이 없어 보이는 윤세아.

그때, 윤세진이 뒤에서 나와서 그녀의 어깨를 툭툭 쳤다.

"세아야, 자신감을 가져. 저번에도 우리가 이긴 상대잖아. 당연히 이길 수 있지."

"그렇지! 삼촌, 걱정 마. 우리가 마무리할게."

"그래. 믿는다."

성지한은 손을 흔들곤, 노영준 감독에게 다가가 인사했다.

"감독님, 그럼 이만 가 보겠습니다."

"아, 지한아. 더 있기는…… 좀 그렇겠지?"

"예, 감독님. 더 이상 개입하기는 개인적으로 마음에 걸려서요."

"그래그래. 중국전을 2경기나 승리하게 만들어 준 것만으로도 고맙지…….'"

감독 입장에서야 이왕 중국전 참여한 거, 마지막까지 부탁하고 싶었지만.

'본인이 안 나가겠다는데 어쩔 수 없지…….'

성지한한테, 노영준 감독은 철저히 을의 입장이었다.

"그럼."

휙!

그렇게 성지한이 배틀넷 센터를 나서자.

노영준 감독은 아쉬운 눈으로 그가 사라진 자리를 바라보더니, 선수들을 둘러보았다.

"……그래. 지금껏 지한이한테 너무 많이 의존했지. 다음 경기는 우리끼리 해서 승리해 보자."

"네, 감독님!"

"아직 중국 쪽에서 우리한테 지한이가 있는 줄 알 때가 기회야. 3경기에 게임을 끝내자."

"알겠습니다!"

그렇게 3경기에 총력을 다하기로 한 한국 대표팀이었지만.

=이번엔 성지한 선수를 밴한 중국. 하지만 윤세아 선수는 살아 있습니다. 1경기의 재림이 될까요?

=어…… 근데 윤세아 선수. 1경기 때처럼 언데드화가 되어 있질 않군요?

=이, 이게…… 어떻게 된 일이죠?

=성지한 선수가 다시 부재중인가 봅니다!

윤세아의 언데드화가 풀리면서, 성지한이 자리를 비운 게 드러나고.

"성지한이 없어……?"

"지금이 기회다!"

"이제부터 역전하면 이길 수 있어……!"

중국 대표팀은 1,2경기의 무력한 모습은 어디 갔는지, 거센 반격을 시작했다.

=3, 3경기. 패배합니다!

=아. 제갈헌 선수 진짜 강하네요……!

=이래서야, 저희도 제갈헌 선수만 콕 집어 밴해야 할 것 같아요……!

성지한이 사라지자, 급격하게 바뀌는 경기 분위기.

-아니 성지한 님 어디 가심? ㅠㅠㅠㅠ

-길가메시랑 뭔 이야기 나눈 거 같더니, 급한 용무가

생기셨나⋯⋯.

　─아 성지한 캐리 받다가 못 받으니까 완전 체감되네.

　─으으, 설마 지는 건 아니겠지⋯⋯?

　그렇게 3경기부터 치열하게 전개되던 게임은.

　=아. 배, 밴 카드⋯⋯ 적중. 적중합니다! 중국의 키 플레이어 둘이 밴당했어요!

　=반면에 저희는 살았습니다! 1─10위 밴에 성지한 선수가 걸려 줬어요!

　=마, 마지막 경기. 기대할 만합니다⋯⋯!

　결국 5경기에 들어서서, 한국이 겨우 1승을 거머쥐면서 끝이 났다.

　=3, 3:2⋯⋯ 초반 2경기만 해도 쉽게 이길 것 같았는데, 참으로 힘든 경기였습니다!

　=그래도 이겼다는 게 중요하죠! 대한민국, 세계 2위 중국을 꺾고 지역리그 1위로 챔피언스 리그에 진출합니다!

　그렇게 한국이 겨우겨우 조 1위로 챔피언스 리그 진출을 확정지을 때.

　'들어가 볼까.'

　성지한은 해저에 도착하여, 구궁팔괘도에 들어갈 준비

를 끝내고 있었다.

* * *

슈우우우…….

구궁팔괘도 안에 들어선 성지한은, 세상이 뒤바뀌는 걸 느꼈다.

그리고 세상이 완전히 뒤바뀌자마자.

'음…… 이건, 역천혼류인가?'

동방삭이 가했던, 공간을 봉쇄하는 점혈법.

역천혼류가 저절로 걸렸다.

'이래서 그가 나보고 해혈법을 터득하라고 한 건가.'

평소에 자신에게 셀프로 가했을 때보다, 역천혼류의 압박감이 더 강하긴 했지만.

해혈법을 알고 있던 성지한은 이를 간단히 파훼했다.

그러자.

휘이이익!

하늘 위에서, 성지한을 향해 날아오던 검이.

그의 눈앞에서 그대로 멈추었다.

'역천혼류를 해제하지 않았다면, 검이 날 찔렀겠군.'

검은 그렇게 가만히 성지한의 눈앞에 있다가.

휙!

하늘 위로 다시 날아갔다.

'흠.'

성지한은 주변을 살펴보았다.

저번 외진의 풍경은, 강이 옆에 흐르고 녹음이 우거진 숲이었는데.

여기는 대지가 말라서 쩍쩍 갈라진 채, 황량하기 짝이 없는 황무지였다.

'하늘 위에는, 검이 총 10자루가 떠다니고 있고…….'

아까의 검이 지닌 기세야 강력하긴 했지만.

이 정도는 지금 성지한이 지닌 힘으로 쉽게 제압할 수 있었다.

'그래도 일단은, 부딪치지 말고 둘러볼까.'

천천히 주변을 둘러보며, 앞을 향해 나아가는 성지한.

십 분 정도를 걸었을까.

그의 눈에 곧, 거대한 나무가 눈에 띄었다.

'품고 있는 기운을 보니 세계수 같은데…… 저번처럼 지키는 이는 없군.'

거대한 나무에서 풍기는 막대한 생명력.

이건 저번 세계수가 지닌 힘과 비슷했다.

다만 그때와 다른 점은.

'이번 세계수는 전반적으로 다 붉은빛이네.'

나무뿌리부터 기둥, 가지에 잎까지.

이번 세계수는 전체가 섬뜩한 핏빛으로 이루어져 있었다.

'색을 보니, 여기에는 적의 힘이 깃들어 있는 건가?'

성지한이 보다 더 자세히 살피려고 붉은 세계수에 접근

했을 때.

쿠르르르…….

땅바닥에서 뿌리가 올라오더니.

그것이 서로 끊기며, 허공에 글자를 만들었다.

[봉인을 해제하시겠습니까?]

슈욱!

그러면서 땅바닥에서 올라오는 거대한 나무 판자.

허공에 만들어졌던 글자가, 변형되었다.

[여기에 봉인 해제 문구를 입력하십시오.]

길가메시에게 배운 걸, 여기에 바로 써먹으라는 건가.

하나 봉인을 바로 해제하면, 너무 녀석의 의도대로 따라가는 꼴.

"나중에 쓸게."

성지한이 일단 이 세계를 둘러보기 위해, 그리 대답하자.

[알겠습니다.]

뿌리의 글자는 이를 순순히 긍정했다.

'붉은 세계수…… 딱히 내게 적의를 가지지는 않는군.'

성지한은 이를 신기하게 생각하며, 세계수에 다가갔다.

가까이 다가가니, 크기가 더 실감 나는 나무.

규모가 얼마나 큰지 사람도 수백 명은 들어갈 수 있을 정도였다.

'어디 본격적으로 살펴볼까…….'

성지한이 그렇게 붉은 세계수에 손을 뻗었을 때.

[주의. 주의. 감시자 접근 중.]

갑자기 그의 눈앞에 붉은 글자가 떠오르더니.

쿠르르르!

세계수의 기둥 한 곳에 구멍이 뚫리며, 붉은 화살표가 허공에 떠오르며 이를 가리켰다.

[이쪽으로 들어오시는 것을 추천드립니다.]

'……뭔데 이렇게 친절해? 아니, 함정인가.'

성지한은 잠깐 들어갈까 말까 고민하다가.

'안에서 이걸 흡수하는 게 더 괜찮을지도 모르겠어.'

함정이면 자신이 역으로 세계수를 집어삼키기로 생각하고는, 기둥 안으로 들어갔다.

함정은 아니었는지, 오히려 편안하기 짝이 없는 기둥 안쪽.

분명 나무통 안에 세로로 있을 텐데, 등이 푹신푹신한 게 침대에 누운 것 같았다.

그리고 얼마 안 있어서.

뚜벅. 뚜벅.

붉은 세계수를 향해, 다가오는 발자국 소리.

"분명, 침입자가 있었는데⋯⋯."

착 가라앉은 목소리가 기둥 너머로 들렸다.

성지한으로서는, 귀에 익은 소리였다.

[감시자를 지켜보시겠습니까?]

마치 상태창 메시지를 따라 한 듯, 허공에 글자가 올라오는 기둥 안.

성지한이 고개를 끄덕이자.

툭. 툭.

기둥의 벽에 구멍이 뚫리며.

밖이 보이기 시작했다.

그렇게 해서 드러난 감시자는.

'역시⋯⋯ 그였나.'

퀭한 얼굴의 동방삭이었다.

'동방삭이 저렇게 늙은 건 처음 보는군.'

예전의 강상 시절이나.

현재 세계의 동방삭은 비록 겉모습은 노인이긴 했으되, 피부가 맑고 주름도 많지 않았다.

하나 지금, 이 세계수 너머에서 보는 그는.

얼굴 여기저기에 검버섯이 올라오고 피부도 푸석해서

딱 보아도 건강해 보이질 않았다.

풍성했던 수염도 듬성듬성 빠져 있었으며, 얼굴 전체가 피곤에 절어 있었다.

'그 정도의 무인이 저럴 정도라니…….'

강상 시절에 비해 세월이 많이 흐른 건가?

성지한은 그리 생각하며, 동방삭의 행동을 지켜보았다.

"……이번에야말로."

적의 어린 시선으로, 붉은 세계수를 노려보던 동방삭이 검을 꺼내자.

슈우우우…….

그의 등 뒤에서, 태극의 형상이 떠오르기 시작했다.

태극마검을 사용했을 때와, 비슷한 기의 흐름.

하나 그 움직임은 성지한의 것보다, 더 정교하게 태극을 완성하고 있었다.

'내가 사용하는 것보다 더 정교하군. 가까이서 보니 확실히 배우긴 좋은데…….'

저거, 막아야 하지 않나?

태극에서 마검이 나오면, 모든 게 초토화될 터.

여긴 게임 안도 아니고 죽으면 끝이니, 성지한은 나가서 대처를 해야 하나 싶었다.

하지만.

피시시시…….

완성된 태극 속에, 검을 집어넣은 동방삭은.

거기서 연기가 피어오르는 걸 보곤, 얼굴을 잔뜩 찌푸렸다.

"또, 실패인가……."

태극마검의 1단계는 완벽한 그였지만.

2단계, 마검을 꺼내는 단계에서 실패하는 동방삭.

'그래. 저거 어렵다니까.'

성지한은 동방삭도 실패하는 걸 보고는, 괜한 안도감을 느꼈다.

아무리 무의 자질이 극에 달한 그라고 해도, 쉽게 완성은 안 되는구나.

'근데 이 동방삭도 마검에 공허를 섞을 생각은 하지 않는군.'

성지한이 겪어 본 바에 의하면.

태극마검의 마검 단계에선, 공허를 넣어 폭발시키는 게 더 운용하기가 편했다.

동방삭처럼 빛의 검을 꺼내는 건, 완전히 무에서 유를 창조하는 느낌이라 실마리가 잡히질 않았으니까.

"후우…… 이것밖에 못 하는가. 나는 정말로 범재에 지나지 않는구나."

아니, 동방삭이 범재면 나머지 사람들은 어떻게 살아가라고.

성지한은 어처구니없다는 표정으로, 그의 한탄을 나무 안에서 들었다.

"적귀赤鬼를 봉신封神하고도 600년…… 그 오랜 세월을 버텨왔음에도, 마를 끝낼 검 하나 완성하질 못하다니."

부쩍 더 늙어 버린 자신의 얼굴을 매만지며, 동방삭이 한숨을 쉬었다.

600년이라니.

설마 강상 시절에서부터 600년을 더 살아온 거였어?

'무신의 종이 되기 전에, 자신의 무공으로 그렇게까지 수명을 연장시킨 건가. 확실히 규격 외의 무인이긴 하군⋯⋯.'

그리고 태극마검은 그 정도의 무인이 600년을 수련해도 완성이 안 되는, 미친 검이었구나.

성지한은 자신의 자질을 애매하다고 평가했던 아소카가 생각났다.

'그에게 이걸 보여 주고 싶네.'

태극마검은 인류가 지금까지 낳은 무인 중, 최강인 그도 600년을 헤맨 무공이라고.

그렇게 동방삭이 한숨을 쉬며 듬성듬성 난 수염을 쓰다듬고 있을 때.

스으으으⋯⋯.

세계수의 주변에 붉은 연기가 피어올랐다.

[또, 너인가⋯⋯.]

[포기해라.]

[우리는, 죽지 않는다⋯⋯.]

그러면서, 떠오르는 반투명한 거인의 머리.

동방삭은 그들을 보자 얼굴을 찌푸렸다.

"또, 나타나는군."

휘리릭!

동방삭의 태극이 역으로 움직이자.

떠오르던 거인의 머리가 그대로 태극에 빨려 들어갔다.

나온 지 몇 초도 되지 않아서 그대로 사라지는 거인의 머리들.

그는 거기서 더 나아가.

"허튼짓, 하지 말아라."

붉은 세계수를 향해 검을 휘둘렀다.

일검에 찬란하게 퍼지는 마의 기운.

그것은 나무의 가지를 모두 베는 것에서 모자라.

하늘까지 검기를 뻗어 나갔다.

'이건 극에 달한 천마신공인가…… 무혼으로 습득이 되는군.'

태극마검과는 달리, 무혼의 이해도 안에 포함되어 있는 동방삭의 일검.

천마신공의 마기가 느껴지는 걸 보아하니, 이 일검은 동방삭이 만들어 낸 천마신공의 완성형인 것 같았다.

한 번의 휘두름에, 하늘을 무너뜨리는 일검파천—劍破天.

강상 이후 600년의 세월 동안, 동방삭이 완성시킨 천마신공의 극의를.

'이거…… 위력이 상당한데? 나중에 써먹어야겠네.'

성지한은 나무 안에서 편안히 감상하면서 터득했다.

한편.

"후우……."

일검파천에 가지가 모조리 베였던 세계수가 금방 재생을 시작하자.

"하늘을 찢어도, 나무 한 그루를 못 베는구나. 그의 제안을 따라야 하는가……."

동방삭은 한숨을 쉬고는, 등을 돌려 자리를 떠났다.

그렇게 지치디 지친 노인이 사라지자.

[감시자가 떠났습니다.]
[봉인을 해제하시겠습니까?]

나무통 안에서, 또다시 봉인 해제를 물어보는 글자가 올라왔다.

'이놈은 또 뭐 이리 급해.'

동방삭이 떠나자마자 보채다니.

이 세계수, 봉인 해제에 안달났네.

"야, 잠깐. 상황 좀 보고 할게."

[명령을 따르겠습니다.]
[주인께서 필요한 것이 있으면, 언제든지 말씀해 주십시오.]

일단 보류한다는 성지한의 대답에, 순순히 납득하는 붉은 세계수.

그 나무는 더 나아가서, 성지한에게 주인이라고 칭하기

까지 했다.

"근데 내가 왜 네 주인이냐?"

[문자를 읽을 줄 알고, '영원'을 지녔습니다.]

[필요한 조건을 모두 충족했으니, 당신은 저의 주인입니다.]

스탯 영원을 지닌 상태에서, 이 특이한 문자를 읽을 줄 알면 세계수의 주인인 건가.

"그래? 뭐든 명령해도 되는 거냐 그럼?"

[봉인 상태에서는 명령을 제한적으로만 수행할 수 있습니다.]

[뭐든지 명령하기 위해선, 봉인을 해제해 주십시오.]

뭔 말만 하면 결론은 봉인 해제네.

'벌써 할 수는 없지.'

지금 오자마자 천마신공의 일검파천도 얻었겠다.

거기에 자꾸 봉인 해제해 달라고 조르는 꼴이, 괜히 더 하기 싫어졌다.

성지한은 대신, 그동안 궁금했던 거나 나무에게 물어보기로 했다.

"이 문자, 어디의 문자냐?"

[주인의 문자입니다.]

"주인은 누군데."

[주인은 주인입니다.]

이거, 원 도움이 안 되네.

성지한은 이외에도 왜 적의 일족 머리가 재생하냐.

세계수는 무슨 힘으로 계속 재생하냐 등 여러 가지 질문을 던졌지만.

[봉인이 해제되어야 알 수 있습니다.]
[봉인이 해제되어야 답변드릴 수 있는 질문입니다.]

세계수는 계속 봉인 해제 타령만 했다.

'내 말 듣는 건 좋은데, 막상 쓸모가 없네.'

성지한은 무의미한 질문을 멈추곤, 팔짱을 낀 채 밖을 바라보았다.

황량하기 짝이 없는 황무지.

동방삭이 떠나고 난 이후엔, 여기서 볼 게 정말 단 하나도 없었다.

'그렇다고 바로 나가긴 아쉬운데.'

현재 최고의 은신처나 다름없는 세계수의 안.

여기서 무슨 일이 또 벌어질지 모르는데, 이 꿈 같은

관람석을 놓고 가긴 아까웠다.

'아까 동방삭은 그의 제안을 따라야 하냐고 했지.'

'그'가 무신인지는 아직 모르겠지만.

성지한은 왠지 동방삭이 칭한 자가, 좀 있으면 나타날 것 같았다.

그때까진, 좀 여기서 버텨볼까.

그렇게 성지한은 잠시 동안 대기를 탔다.

* * *

시간이 얼마나 지났을까.

'……이건 좀, 심심하군.'

밖에는 황무지만 보이는, 세계수의 안쪽.

여기서 계속 기다리고 있자니, 그는 몸이 찌뿌둥한 느낌을 받았다.

'차라리 머리 귀신이라도 만들어지면 모르겠는데 말이야.'

동방삭이 아까 일검파천을 통해, 세계수를 가지치기 한 게 나름 효과가 있었는지.

적의 일족의 머리는 한동안 재생이 되지 않고 있었다.

그러자 보이는 건, 그저 황량한 붉은 대지뿐.

아무것도 없는 풍경을 쭉 지켜보는 건, 사방에서 자극을 받는 현대인에게는 상당히 고역이었다.

'생명의 기운도 그닥 흡수가 되지 않고 말이지.'

세계수 내부에는, 분명 생명의 기운이 짙게 흐르고 있었지만.

이 힘은 성지한이 누워 있는 내부 공간에는 대부분 들어오지 않고 있었다.

생명의 기운을 얻기 위해선, 지금 이 나무 안쪽에서 나와야 하는 상황.

하나 그렇게 되면, 기껏 지금까지 여기서 대기를 탄 이유가 없어지기에.

성지한은 가만히 황무지만 바라보고 있었다.

그렇게 멍하니 있자니.

'입이 심심하군.'

성지한은 불현듯 그런 생각이 들었다.

공허의 수련장에서 수련을 빡세게 했을 때는 입 심심한 것도 못 느꼈는데.

오히려 이렇게 자극 없이 여유로우니, 그의 오감이 자극을 달라고 호소하고 있었다.

"야, 혹시 과일 남는 거 없냐?"

[드리겠습니다.]

성지한의 물음에, 이번에는 웬일로 봉인 타령을 하지 않는 세계수.

스으으윽.

그의 눈앞에, 붉은 사과가 하나 떠올랐다.

"예전에 먹었던 세계수의 과육은 황금 사과였는데. 이건 빨갛네."

[그것은 격이 떨어지는 물건입니다. 이것이 상등품입니다.]

그의 말에, 이게 더 좋은 거라고 반박하는 붉은 세계수.

하지만 이게 겉보기에는, 그냥 시장에서 파는 사과 같은데 말이지.

"어디."

성지한은 피식 웃으며 사과를 입에 가져다 대었다.

와삭.

그가 한 입 베어 물자.

화르르르……!

입에서 불로 변하는, 사과 조각.

그와 동시에.

성지한 안에 있는 생명의 기운과 스탯 적이 동시에 살짝 늘어나는 느낌을 받았다.

'오……?'

이 사과.

스탯 2개를 동시에 자극한다고?

진짜 상등품이네.

'먹을 때마다 입에서 불이 나는 게 문제지만.'

붉은 사과가 지닌 힘은 상당히 강력해서.

저번 보스 러시에서 스탯 적을 많이 올려 두지 않았다면, 입에 붙어 버린 불이 쉽게 꺼지지 않았을 것이다.

하나 지금 성지한이 지닌 적의 수치는 상당해서.

사과를 아무리 씹어도, 거기서 피어오르는 불 따위야 가볍게 제어할 수 있었다.

와삭. 와삭.

사과 하나를 다 먹은 성지한은, 세계수에게 말했다.

"더 있냐?"

[예.]

"좀 많이 줘봐."

[알겠습니다.]

두두두……!

그러자 성지한의 바람대로, 산더미처럼 쌓여 버린 사과.

'이거에 입맛이 익숙해지면, 나중에 일반 식사는 못 하겠네.'

겉보기엔 일반 사과지만, 그 안에 담긴 맛은 천상의 맛이었으니.

이거에 중독되면, 나중엔 밥 먹어도 돌 씹는 기분이 날 것 같았다.

그래도.

'뭐 어때. 대기 타는 동안 스탯 올리는 게 중요하지.'

성지한은 멈추지 않고 세계수의 과육을 먹어치웠다.

그렇게 산더미처럼 쌓인 사과 중, 반쯤 먹었을까.

[스탯 '영원'이 1 오릅니다.]

올리기 가장 힘든 능력치, 영원이 성장하고.

[스탯 '적'이 1 오릅니다.]

스탯 적도 따라서 올랐다.

'영원이 이렇게 늘다니…… 세계수의 과육, 다 먹어치
워야겠군.'

능력치가 오르는 걸 본, 성지한의 손이 빨라지고.

[괜찮으십니까? 적의 힘이 내포되어 있는데…….]

오히려 세계수 쪽에서, 그를 걱정하는 문자가 떠올랐다.

"멀쩡한데?"

[역시 주인님이십니다.]

"어. 더 줄래?"

[세계수의 과육이 만들어지기 위해선, 1년의 시간이 필요합니다. 봉인이 해제되면 이 시간이 단축됩니다.]

"……그놈의 봉인 해제 소리 왜 안 나오나 했다."

여기서까지 봉인 해제를 꺼내는 붉은 세계수.
성지한은 그 말을 무시하며, 쌓여 있던 세계수의 과육을 다 먹어치웠다.
'영원과 적이 총 3씩 올랐군.'
나무 안에서 과일만 먹은 거치고는, 상당한 소득인데.
성지한은 스탯창을 확인하면서, 입가에 미소를 지었다.
그때.

[감시자가 접근합니다.]
[제3의 인물이 접근합니다.]
[봉인 해제는 그들이 사라진 후에 진행하는 것을 추천드립니다.]

갑자기 문자가 급박하게 떠올랐다.
아직 해제할 생각도 없는데, 김칫국부터 마시는 세계수.
'근데 제3의 인물은 누구지?'
성지한은 황무지 쪽을 다시 바라보았다.
그러자 거기엔 어느덧.
"……."

그 짧은 사이에 더 폭삭 늙은 동방삭과.

"동방삭, 생각을 좀 해 보셨습니까?"

화려한 이목구비를 지닌 젊은 청년이, 웃음을 지은 채 서 있었다.

새하얀 얼굴에, 길게 늘어뜨린 검은 머리.

저 외양은, 성지한도 한 번 본 적이 있는 사람이었다.

'……아소카?'

아소카와 동방삭, 이 때부터 인연이 있었던 건가.

성지한은 잘 되었다는 듯, 이들을 나무 안에서 살피려 했지만.

"내 이곳에 묶여 있으나, 당신에 대해 나름대로 알아보 았소. 천축에서 상당히 추앙을 받는다지……?"

"아, 잠시만. 기다려 주시지요."

아소카가 갑자기 동방삭의 말을 끊더니.

세계수를 향해 뚜벅뚜벅 걸어왔다.

그러더니, 지그시.

"……손님 한 분이, 아직 안 나오셨거든요."

성지한의 두 눈을 응시했다.

＊　＊　＊

성지한의 두 눈에 이채가 서렸다.

아소카.

범상치 않은 이임은 알고 있었지만…….

'동방삭도 못 알아챈 걸, 그가 알아챌 정도라니.'

강상 시절에 비해 600살을 더 먹은 동방삭은 노쇠하긴 했어도.

지닌 무공은 그때에 비해 확실히 더 강해져 있었다.

그가 가볍게 내지른 검, 일검파천은 현재의 성지한으로서도 쉽게 대처하기 힘든 절기였으니까.

한데 그런 그도 눈치채지 못했던 성지한을, 아소카는 오자마자 알아챘다.

"손님이라니, 설마……."

"이 나무의 안에 계시는군요. 나와 주시겠습니까?"

"……비키게. 내가 끄집어낼 테니."

확신을 가지고 이야기하는 아소카.

그리고 그의 뒤에선, 동방삭이 무시무시한 얼굴로 투기를 끌어올리고 있었다.

성지한은 그의 기세를 보며, 대략적인 힘을 가늠해 보았다.

'현재의 동방삭 정도면 그래도 상대할 만한데…….'

그가 강상 시절에 비해 많이 발전하긴 했지만.

성지한도 구궁팔괘도의 외진을 풀었을 때에 비해 상당히 강해진 상태였다.

거기에 저 상대는 태극마검을 완성하지 못했으니.

동방삭이 사용하는 무공은 죄다 무혼으로 습득이 가능했다.

그러니, 그와 싸우는 것은 리스크가 있어도 해볼 만했

지만.

'아소카가 걸리는군.'

성지한의 위치를 바로 파악한 아소카.

그가 얼마나 강한 힘을 지니고 있는지는, 전혀 가늠이
되지 않았다.

예전, 왕위 계승식 때를 떠올려 보면, 그도 범상치 않
은 존재긴 했지만.

시간을 돌렸던 것을 제외하곤 딱히 무력적으로 뭘 보여
준 적은 없었으니까.

그때.

[긴급 상황입니다. 지금 당장 봉인을 해제해 주십시오.]

성지한의 눈앞에 글자가 급히 떠올랐다.

지금까지는 봉인 해제를 권유만 하던 붉은 세계수가,
한 단계 톤을 높여 이야기하고 있었다.

[봉인을 해제하면 두 사람을 이 공간에서 즉시 퇴출할
수 있습니다. 결단이 필요할 때입니다.]

봉인 해제하면 할 수 있는 게 많네 진짜.

하나 성지한은 잠시 고민하다가.

"아니, 나가련다."

한번 저들과 만나 보기로 했다.

'봉인 해제하면 여기서의 일은 왠지 다 끝이 나 버릴 거 같단 말이지……..'

이 세계가 리셋되기 전에.

이 시절, 아소카와 동방삭이 만나서 무슨 일을 꾸몄는지, 알아볼 필요가 있었다.

하나 성지한이 나가려 들자.

쿠르르르……!

나무 안쪽의 공간이 뒤흔들리면서, 성지한이 움직일 수 있는 공간이 협소해졌다.

[봉인을 해제하기 전까지는, 나가지 못합니다.]

그러고는 본색을 드러내는 붉은 세계수.

성지한은 이를 보면서 피식 웃었다.

"야, 나 사실 해제 코드 모르는데?"

[아시는 거 다 압니다.]

아니, 모른다는 데도 막무가내네.

'그럼 강제로 뚫어야지.'

화르르륵!

성지한은 적의 힘을 끌어올렸다.

적색의 관리자의 손에서 얻은 스탯이 워낙 많아서 그런지.

예전보다 훨씬 강렬해진 불길은, 나무를 그대로 불태워 버렸다.

[이 힘은…… 적을 이렇게나 잘 다루시다니…….]

세계수는 강력한 생명의 기운으로 자신을 재생하려고 들었지만.

적의 불길은 그것이 원상복구를 하도록 놔두질 않았다.

그렇게 몇 번이고 길을 막으려던 나무가 죄다 타, 가루가 되어 사라지자.

[역시 주인…… 길을 열겠습니다.]

붉은 세계수는 반항을 포기하고는, 자신이 스스로 공간을 열었다.

스으윽…….

뻥 뚫린 공간 너머.

"……넌 누구지?"

살벌한 기세를 풍기고 있는 동방삭이 그를 노려보았다.

예전 강상 시절에 비하면 여유가 사라진, 초췌한 노인의 모습.

하나 그가 풍기는 살기는 예리하기 짝이 없었다.

그때.

저벅. 저벅.

"잠시 흥분을 가라앉히시지요."

아소카가 그런 동방삭의 앞에 섰다.

"저 손님이야말로, 제가 당신께 '그 제안'을 드린 이유이자 결과니까요."

"그가……?"

아소카의 말에, 잠시 살기를 가라앉힌 동방삭이.

성지한을 바라보았다.

"……그 큰일을 맡기기엔, 역부족으로 보이네만."

"하나 그는 이곳을 찾아왔습니다."

"흠……."

자기들끼리 의미심장한 대화를 주고받으며, 고개를 끄덕거리는 두 사람.

성지한은 그들을 보며 미간을 찌푸렸다.

"당신들만 아는 소리 하지 말고, 나도 좀 알려 주지그래? 아소카."

"아소카? 그게 제 이름입니까?"

성지한이 아소카에게 그리 말하자, 그의 눈동자가 살짝 커졌다.

"……저놈. 네 이름도 제대로 모르는데. 믿을 수 있겠나?"

"아니, 더 확신이 생깁니다. 다시 묻겠습니다. 그게 제 '미래'의 이름입니까?"

미래라니.

아까 자신의 위치를 바로 찾아낸 것도 그렇고.

확실히 그는 이 봉인된 세계에서, 좀 궤가 다른 것 같 았다.

한데 저렇게 나오는 걸 보면, 아소카의 원래 이름은 다 른 거였던 건가.

"……그래. 넌 아소카로 불렸지. 네 현재 이름은 뭐지?"

"아소카로 하지요."

그러면서 그는 동방삭을 바라보며, 자신의 입을 손가락 으로 가리켰다.

말하지 말라는 뜻.

그걸 본 동방삭이 헛기침을 했다.

"크흠…… 그래, 아소카. 그는 아소카다."

"본명이 뭐라고 이름 가지고 생색이군."

"미래의 제가 이름을 굳이 바꾼 이유가 있겠지요. 저는 제 자신의 판단을 믿을 뿐입니다."

"미래라…… 내가 미래에서 온 건 어떻게 그리 확신하지?"

"그야."

스으윽.

아소카는 주변을 둘러보며, 웃음 지었다.

"이곳은 동방삭의 기억과, 세계수를 봉인한 가상의 공 간이니까요."

* * *

"그, 그게 무슨 소리인가……? 여기가 가상의 공간이

라니."

"어렴풋이 눈치는 채고 있지 않으셨습니까?"

동방삭의 반문에, 아소카는 웃는 얼굴로 이야기했다.

"자세히 기억을 반추해 보십시오. 그가 오기 전에, 이 공간에서 실질적으로 시간이 흐르고 있었는지."

"그건……."

"그리고 아직 당신이 제 제안을 수락하지 않았는데도, 미래의 손님이 어찌 왔겠습니까?"

"……."

심각한 얼굴로 아소카의 말을 듣던 동방삭은.

스르르릉.

갑자기 칼을 뽑아 들었다.

"나는 아직 그를 확신할 수 없네. 무인은 무기로 대화해야, 서로에 대해 알 수 있는 법. 그를 시험해 봐야겠네."

뭐야.

결국 싸우자는 건가?

성지한은 기세를 올리는 동방삭을 보면서, 웃음을 지었다.

"차라리 잘됐네. 동방삭. 무공 좀 업그레이드해 주시죠."

"뭐?"

"아까 나무 안에서 이거 배웠거든요."

스으으으…….

성지한의 손에서 암검 이클립스가 피어오르고.

천마신공天魔神功

일검파천一劍破天

암검의 검 끝이 한 공간을 꿰뚫자.

치이이익!

동방삭 너머의 세계에.

모조리 검의 흔적이 새겨졌다.

짙은 공허가 하늘과 땅에 흔적을 남기다, 서서히 사라지고.

이를 본 동방삭의 표정이, 그 어느 때보다 더 딱딱하게 굳었다.

"일검파천의 묘는, 하늘을 가르는 것이 아니라 일점을 완벽히 멸하는 데 있는 것."

"……."

"하늘이 무너지는 건, 그저 일검에 담긴 힘이 과해서 나타나는 부수적인 결과일 뿐이지요."

"잘도 아는구나."

슈우우우!

하늘에 떠 있던 동방삭의 십검이 날아오더니.

검 끝이 본격적으로 성지한을 겨냥했다.

"어디, 그 알량한 재주. 계속 써 보거라."

"무공 아끼지 말고 써 보십시오. 다 배워 갈 테니."

"이놈이……!"

퀭한 얼굴에, 살기를 번뜩이며 다가오는 동방삭.

'어디, 밑천까지 털어 가 볼까.'

캉!

성지한은 눈을 반짝이며, 그와 검을 맞대었다.

* * *

2시간 후.

황량하기 짝이 없던, 구궁팔괘도 안의 세계는.

어느덧 초토화가 되어 있었다.

쾅! 쾅!

사방에서 폭발음이 터져 나오고.

대지는 세계수가 심어져 있는 땅을 제외하고는, 모조리
파여 나갔다.

그리고.

슈욱!

땅을 똑같이 밟아 움직이는 노인과 청년.

동방삭은 자신과 똑같은 보법을 사용하는 성지한을 보
고는 얼굴이 시뻘게졌다.

"이것까지 가져갔느냐!"

"아, 천마군림보는 미래의 동방삭이 이미 가르쳐 줬습
니다. 다른 거 좀 써 보세요."

"허……!"

"근데 역시 미래의 동방삭이 역시 무공은 더 잘 쓰네
요. 배워 갈 게 많지가 않네."

"배워 갈 게, 없다고……!?"

피식 입꼬리를 올리는 젊은이를 보면서, 분노를 참지 못하는 동방삭.

그가 힘을 더 사용하려고 할 때.

"동방삭, 이 정도면 그를 인정할 법하지 않습니까?"

둘의 싸움을 여유롭게 구경하고 있던 아소카가, 입을 열었다.

"아직이다!"

"무인의 호승심에 제대로 불이 붙었군요. 음, 그래…… 미래의 당신에게 이미 많이 배워 간 거 같은데, 차라리 그 검을 사용해 보시는 건 어떻겠습니까?"

"그 검이라면……."

"영혼을 멸하는 검 말입니다."

그 말을 들은, 동방삭의 미간에 주름이 깊게 파였다.

"……태극마검은, 미완성이다."

"그건 미래에서도 무혼으로 못 배우겠던데. 한번 가르쳐 주시죠."

"미, 미래의 난, 완성했나……?"

"예, 빛의 검을 뽑아냈습니다."

"빛의 검……?"

그 말에, 갑자기 투기를 가라앉히고는.

"빛의 검이라니…… 나는, 생각을 잘못하고 있었던 가?"

자리에 앉아서 가부좌를 트는 동방삭.

두둥실……

그의 몸이 저절로 떠오르더니, 십검이 그의 주변을 배회하기 시작했다.

'뭐야, 즉석에서 깨달음이냐?'

태극마검 운용법 좀 알려 달라니까, 빛의 검 이야기만 듣고 자기만의 세계에 들어가 버렸네.

성지한이 그런 그의 모습을 어이없게 쳐다볼 무렵.

"두 분의 대화, 잘 보았습니다."

아소카는 웃는 얼굴로 성지한에게 다가갔다.

사방이 폭발하는 와중에도, 옷에 먼지 하나 묻지 않은 아소카.

성지한은 그의 모습을 유심히 지켜보았다.

'일부러 공격을 몇 번 흘려 보았는데도, 아예 차단을 했었지…….'

아소카의 전력을 파악해 보기 위해서, 동방삭과 싸우는 와중에도 검기를 몇 번 날려 보았지만.

성지한의 공격은 그에게 닿기도 전에, 단번에 사라지곤 했다.

"역시 미래의 제가 당신을 선택한 이유가 있었군요."

"글쎄, 미래의 너는 나보고 재능이 애매하다던데."

"이 재능을 애매하다니…… 그만큼, 상대가 강해졌나 봅니다."

'상대'란 무신을 말하나 보군.

성지한은 그리 생각하면서, 아소카에게 질문했다.

"이제 네가 뭔 짓을 꾸민 건지 좀 알려 주지그래."

"알겠습니다. 당신께는 이야기해도 되겠지요."

아소카는 붉은 세계수를 바라보았다.

성지한과 동방삭의 격돌에도, 금방 재생해 있던 세계수.

"저것은 머지않은 미래에, 이 행성을 불태울 겁화를 피워 올립니다."

"겁화라…… 붉은 세계수가 말인가?"

"예. 인류는, 그 누구도 살아남을 수 없는 강렬한 불길입니다."

저 세계수에 그 정도로 강력한 힘이 있다고?

성지한은 의아한 얼굴로 붉은 세계수를 바라보았다.

적으로 좀 불태우니까 길을 알아서 트는 걸 봐서 그런지.

그렇게 압도적인 파괴력을 보일 거란 생각이 들지 않았다.

다만.

'봉인을 해제하면 다를 수도 있겠군.'

자꾸 봉인을 해제해 달라던 붉은 세계수.

그 말대로 해 줬으면, 지금 보이는 것과는 다른 출력이 나올지도 몰랐다.

성지한이 그렇게 붉은 세계수를 바라보고 있을 때.

아소카는 말을 이었다.

"저는 세계수를 통해 겁화를 일으키려는 '그'를 설득했습니다. 그것보다, 더 좋은 방법이 있다고 말입니다."

"당신이…… 그를 설득했다고?"

"예. 인류를 한 번만 쓰고 버리기에는 아깝지 않느냐고."

스으으으…….

아소카의 등 뒤로, 황금의 수레바퀴가 떠올랐다.

미래의 그가 사용했던.

황금 해골 머리에, 붉은 뼈로 이루어진 금륜적보의 섬뜩한 모습과는 달리.

이 수레바퀴는, 찬란하며.

더 나아가 신성함까지 느껴졌다.

"내가 시간을 계속해서 과거로 돌릴 테니. 멸망을 유예해 달라고 말입니다."

5장

5장

"무신이 아니고, 당신이…… 시간을 돌리자고 했다고?"

성지한은 지금껏, 무신이 아소카의 금륜적보를 이용하여 시간을 과거로 되돌리고 있다고 추측했다.

'성좌의 무구 속에는 그간의 힘을 저장해 두고, 계속 과거로 돌아가서 무구의 숫자를 늘린다…… 그러한 성좌의 무구는 모두 무신의 힘이 될 테니. 이게 쌓이고 쌓이면, 그는 압도적인 힘을 지니게 되겠지.'

애초에 지금도 강력하기 짝이 없는 무신인데.

성좌의 무구에 담긴 힘까지 사용하면, 그를 상대할 수 있는 존재가 정말 몇 없게 된다.

그 힘의 편린을 본 길가메시도, 도저히 상대할 수 없다고 판단해서 성지한에게 협력하자고 먼저 제안하지 않았나.

"미래에서, '그'는 무신이라고 불립니까…… 참으로 어울리지 않는 이름이군요."

무신이라는 칭호에 살짝, 비웃음을 머금은 아소카는.

"제가 그에게 제안한 것은 무한회귀無限回歸입니다."

무한회귀를 거론했다.

"무한회귀…… 시간을 계속 과거로 돌린다는 건가."

"예, 그렇습니다."

"대체…… 왜?"

"겁화에서 인류를 살리기 위해서입니다."

겁화라.

성지한은 붉은 세계수를 바라보았다.

저게 지구 전역을 불태우는 불길을 피워 올린다 이거지.

"그냥, 과거로 돌아가는 힘을 동방삭한테 써 주면 그가 부수지 않았을까?"

"그가 저 나무를 부술 정도의 마검을 꺼내면, 이 세계도 같이 무너집니다. 거기다."

스르르릉.

아소카는 자신의 뒤에서 생겨난 황금의 수레바퀴를 매만졌다.

"지금 제가 지닌 힘으로는 동방삭을 과거로 계속 보낼 수가 없습니다. 무한회귀는 결국 무신과 협력을 해야만 가능한 일입니다."

시간을 돌리는 힘을 써먹기 위해서는, 결국 무신이랑 협업해야 한다는 거군.

결국 겁화에서 인류를 구원하기 위해, 그는 무신에게 무한회귀라는 당근을 건네준 건가.

　"……인류가 그것 때문에 구원받았다면, 내가 태어난 것도 다 당신 덕이군그래."

　"후후. 태어난 게 제 덕이라니, 당치도 않습니다. 손님의 부모님 덕이지요."

　"하지만 그 무한회귀 덕에 터무니없는 괴물이 탄생해 버렸어. 안 그래도 강력한 무신은, 과거로 돌아오면서 힘을 계속해서 축적해 나갔다……."

　"그렇군요. 그래도 인류…… 당신을 보아하니 오랫동안 살아남은 것 같은데. 그럼 된 것 아니겠습니까?"

　멸망 위기에 놓인 인류를, 어쨌거나 수명을 연장시켜 줬으니.

　자기 할 일은 다 했다 이건가.

　"그럼 뒷일은 후손이 알아서 하라…… 이 뜻인가?"

　"그랬다면, 미래의 제가 당신을 선택하지도 않았겠지요."

　"무신에 대항할 방책이 있다는 건가."

　"일단은."

　스으윽.

　아소카는 가부좌를 튼 채 둥둥 떠올라 있는 동방삭을 가리켰다.

　"이 세계의 봉인을 해제하여, 동방삭의 기억을 되찾아 주십시오."

"그의 기억을?"

"예. 무신이 인류 종을 버리려던 이유 중 하나가, 바로 동방삭 때문입니다."

"……왜지?"

"한계가 설정되지 않은 종, 인류. 그 안에서 무수한 능력자들이 태어났지만, 그처럼 초월적인 무를 지닌 무인은 없었습니다."

아소카는 주변을 둘러보았다.

"그는 행성 전역에 있는 적귀를 모조리 잡아 이곳에 봉인하고 세계수의 준동도 제어했습니다. 적귀를 통해 꾀하던 무신의 계획은, 동방삭 덕에 오랜 기간 저지당했죠. 그는 지금 동방삭이 수명을 다해 죽기만을 기다리고 있습니다."

전 세계에 떠도는 적의 일족 영혼을 잡아 와서, 세계수에 봉인하고.

이것들이 난리를 치지 않도록 600년간 여길 지키고 있는 동방삭.

저것은 인간 혼자가 했다기에는, 너무나 터무니없는 작업이었다.

'아무리 봐도 동방삭이 무신에 어울린단 말이야.'

성지한은 그리 생각하면서 아소카에게 물어보았다.

"동방삭이 강한 건 미래에도 여전하지. 한데 이거랑 무신이 인류를 버리는 데에, 어떤 연관성이 있는 건가."

"그는 통제 불가능한 상황을 강박적으로 싫어합니다.

한데 종의 한계가 설정되지 않은 인류는, 동방삭을 탄생시켰죠. 그는 제2의 동방삭이 나올 변수를 차단하기 위해, 종을 재설정하려고 합니다."

동방삭이란 변수가 인류에서 태어났다고, 지구 불태우고 다른 데로 실험하러 가려던 거야?

'무신 놈…… 속이 좁군그래.'

그때.

가부좌를 틀던 동방삭이 눈을 떴다.

"그대에게 그런 말을 듣다니, 낯이 부끄럽군. 뱀이 가장 두려워하던 건, 당신이지 않은가."

"어찌 제가 그의 두려움을 사겠습니까?"

"나야 그저 힘만 썼을 뿐. 뱀의 계획을 매번 막아선 당신이야말로 그가 가장 걱정하던 상대지……."

그는 그리 말하면서 성지한을 바라보았다.

"미래의 내가 태극에서 빛의 검을 뽑아냈다고 했나?"

"그렇습니다만."

"그럼 그것은, 영혼을 멸하기 위해 연성한 검이 아니네."

"……그럼 뭡니까?"

"누군가에게 전하기 위해서, 힘을 압축하고 있는 것이지."

그러면서 동방삭은 찌푸린 얼굴로 수염을 쓰다듬었다.

"자네. 그러니까 미래의 나에게는 예의를 지키도록 하게. 마검을 전해야 할 상대는 아무래도 자네밖에 없어 보이니까."

"워낙 배운 게 많아, 나름대로 예의를 지키는 편입니

다. 그러니까 존댓말도 하고 있지 않습니까? 다른 무신의 종한텐 바로 반말하거든요."

"허 참…… 자랑이군그래. 자네. 미래에 돌아가서도 내 눈앞에서 무공 빼앗았다고 신나지 좀 말게. 수염이 거꾸로 솟는 기분이니까."

"음…… 그거 이미 했는데."

"……그런데도 잘도 살아 있구나."

성지한을 탐탁지 않다는 듯 노려보던 동방삭은, 아소카에게 이야기했다.

"뱀의 종이 되자는 자네의 제안, 따르겠네. 뭐 저 친구를 보아하니 이미 따른 것 같네만."

"잘 생각하셨습니다."

"그럼……."

스으으윽.

동방삭은 허공에 손을 넣었다가 뺐다.

그러자 그의 손에서 커다란 붉은 뿔이 딸려 나왔다.

"이건……."

"달기의 뿔이네. 내가 유일하게 모셨던 주군을 죽음으로 내몬, 탕녀의 것이지."

달기라면, 강상 시절의 이야기인가.

성지한이 그 뿔을 가만히 지켜보고 있을 때.

치이이익!

그 위로, 한자가 새겨졌다.

구세제민救世濟民.

"내가 만약 뱀을 따르며, 미혹에 빠지게 되었을 때. 그리하여 자네의 말을 믿지 못하고 의심할 때. 이 뿔과 글귀를 보여 주게. 그러면 정신을 조금 차릴 거야."

그러면서 달기의 뿔을 아소카에게 건네주는 동방삭.

아소카는 이를 받아 들며, 깊이 한숨을 쉬었다.

"후우…… 세상 사람들을 구한다니. 이는 당신이 계속해 온 일 아닙니까. 이제는 쉬셔도 되는데…… 제가 짐을 드린 것 같아 정말로 죄송합니다."

"해야 할 일을 할 뿐이네. 괘념치 말게."

"……저도 다시금, 뜻을 다지겠습니다."

스르르르…….

아소카가 황금의 수레바퀴에 손을 가져다 대자.

그 위로, 두 글자가 새겨졌다.

"금각禁覺이라. 깨닫지 않겠다는 건가."

"당신을 이 일에 끌어들였는데, 저 혼자 떠날 수는 없지 않겠습니까."

"……든든하군. 앞으로 뜻을 같이할 텐데. 말을 편히 하게."

"그래…… 그리하지."

두 사람이 그렇게 서로의 뜻을 다지는 사이.

성지한은 제3자의 입장에서 팔짱을 낀 채, 그들을 바라보고 있었다.

'무신의 종 중, 둘은 그나마 신뢰할 만하겠군.'

현재 살아 있는 무신의 종은 총 넷.

그중, 길가메시는 원래 신뢰가 가지 않고.

피티아는 최근 묘한 행동을 연속해서 보여 주어, 믿음을 잃었다.

하나 동방삭과 아소카는, 이 봉인지에서의 행적이 사실이라면.

그나마 앞의 둘보다는 믿을 만한 상대인 것 같았다.

그때.

"미래의 손님께선, 어떤 마음을 지니고 계십니까?"

"마음이라니?"

"무한한 회귀 속에서, 제가 당신을 선택한 이유. 그것을 듣고 싶습니다."

"글쎄…… 구세제민처럼 그렇게 숭고한 뜻은 없는데."

성지한은 턱을 쓰다듬으며, 고개를 갸웃했다.

"여기까지 오게 된 것도, 그저 나랑 내 가족이 살기 위해서였으니까. 무신 놈이랑 어떻게든 대항하기 위해 이리저리 뛸 뿐이지."

"살기 위해서면, 다른 방법도 얼마든지 있지 않습니까? 당신 정도면, 이 세계를 버리고 도주할 수도 있을 텐데요."

도주라.

아마 어비스의 주인은 그런 생각을 하는 모양이다만.

성지한은 그러고 싶진 않았다.

"난 그렇게까지 하고 싶진 않아. 그냥 무신을 이기면 될 일이잖아?"

"그렇군요…… 맞습니다. 그냥 이기면 될 일이지요."

씨익.

아소카는 그런 성지한의 대답을 들으며, 그 어느 때보다 기쁘게 웃었다.

"제가 당신을 잘 선택했군요."

"……이런 대답에서 그런 결론이 나오나?"

"예, 충분히요."

아소카는 그러면서, 세계수를 가리켰다.

"이제 그럼, 봉인을 해제해 주십시오."

* * *

봉인 해제라.

저 뜻은, 길가메시가 가르쳐 준 암호를 작성하라는 건가.

'이럼 구궁팔괘도의 외진을 풀어냈을 때보다, 더 쉽게 끝나네.'

아소카가 나와서 교통정리를 해 줘서 그런지.

이번엔 생각보다 일이 수월하게 풀리는 느낌이었다.

'문자를 쓰면 봉인이야 손쉽게 해제가 되겠지.'

길가메시가 알려 준 문자는 '뱀의 목을 벨 시간이다'였다.

여기서 뱀은 이들도 거론한 대로, 무신이겠지.

그걸 작성하면 이번 진도 쉽게 해제할 수 있겠지만.

'뭔가 아까워.'

이렇게 글자만 쓰고 끝을 내기에는, 아쉬운 마음이 들었다.

성지한은 나무를 묵묵히 바라보다, 동방삭에게 고개를 돌렸다.

"동방삭, 가르침 좀 줄 수 있습니까?"

"허, 뭘 더 강탈하려고 드느냐? 미래의 나한테 배우거라."

"그 양반은 만나기가 쉽지 않아서요. 다른 무공 말고, 이게 좀 궁금합니다만."

스으으으……

그러면서 성지한의 등 뒤에 태극이 떠오르자, 동방삭이 두 눈을 크게 떴다.

"태극마검……."

"예, 여기서 전 이렇게 검을 만들어 내는 데 말이죠……."

슈우우우!

성지한의 손에, 암검 이클립스가 피어오르더니.

태극 안에서 공허가 폭발하기 시작했다.

이렇게 공허 속에서, 마검을 뽑아내는 것이 성지한이 태극마검을 만들어 내는 원리였지만.

'스타 버프가 없으니 잘 안 되네.'

능력을 크게 증폭시켜 주는 스타 버프가 없어서 그런지 그의 검은 쉽사리 나오질 못하고 있었다.

하지만, 이럼에도 관찰하기에는 충분한지.

"호오, 이건……."

동방삭은 태극 속에서 힘이 요동치는 걸 흥미롭게 지켜보았으며.

"아니……! 이 위험한 힘을 쓰면 어떻게 합니까?"

아소카는 크게 놀라며, 성지한을 얼른 만류했다.

"공허는 당신을 내부에서부터 붕괴시킬 힘입니다. 이것은 품고 있는 것만으로도, 당신을 갉아먹을 겁니다. 이것은, 절대 다뤄서는 안 될 힘입니다!"

"아니, 아소카. 꼭 그렇게 볼 필요는 없지 않은가. 보니까 태극에서 검이 곧 완성될 거 같은데……."

"동방삭! 그는 무한회귀에 들어간 무신에게 대항할 사람으로서 선택을 받은 자입니다. 그가 이렇게 소멸하도록 놔둬서야 되겠습니까?"

마검을 보고 눈을 반짝이는 동방삭에게, 아소카는 언성을 높였지만.

"그래? 아소카, 당신이 이걸 권했다만."

"……예?"

"당신이, 마검에 공허를 쓰라고 가르쳐 줬다고."

"제가…… 말입니까?"

성지한의 대답에, 항상 웃는 낯이던 그의 얼굴이 딱딱하게 굳었다.

* * *

성지한은 얼굴이 굳은 아소카를 보며, 예전에 그가 한

이야기를 떠올렸다.

　-태극마검은 동방삭의 절기지만…… 마검까지 꼭 그
의 길을 따라 할 필요는 없다네.
　-동방삭은 영생을 추구해야 했기에, 마검에서 의도적
으로 공허를 배제해야 했지.
　-하지만 자네가 영원히 살 생각이 아니면, 마검에는
공허가 들어가는 게 자연스럽다네.
　-공허의 마검을 완성하면, 영생은 포기해야 하네. 자
네의 안에 있는, 세계수도 금이 가며 결국엔 무너지겠지.

　성지한이 이를 아소카에게 전해 주자, 그가 입을 다물
었다.
　"영원히 살 게 아니라면 공허를 쓰라니. 제가 정말 그
렇게 이야기한 겁니까."
　"그래."
　"……미래의 제가 당신을 희생시키려 했군요. 마검을
완성하면, 정말 세계수만 사라질 것 같습니까?"
　아소카는 심각한 얼굴로 말을 이었다.
　"마검에 의해, 내부의 세계수마저도 부서지는 겁니다.
당연히 당신의 원래 육체도, 이를 더욱 견뎌 낼 수가 없
지요."
　"나도 공허…… 그 힘을 사용해 볼까 생각해 보긴 했지
만, 쓰면 죽는 것을 알아 아직까진 시도하지 않았지. 목

숨이야 아까울 게 있겠냐만, 내가 죽으면 적귀들이 다시 창궐할 테니까."

성지한의 태극을 흥미롭게 지켜보던 동방삭도, 자신이 공허를 사용하지 않았던 이유를 말해 주었다.

결국 이들의 요지는, 공허의 마검이 세계수만 정밀타격할 리가 없다 이거군.

성지한의 몸까지 공허가 집어삼켜서, 검을 사용하면 사용할수록.

결국 같이 붕괴된다…….

이런 뜻 아닌가?

"근데 아직까지는 멀쩡하다만."

"그럴 리가…… 몸에 조금의 이상도 없습니까?"

"어, 오히려 공허가 사라지니 좋던데."

"공허가 사라진다구요…….'

"그래, 너무 늘어도 처치 곤란인 능력인데. 저기 넣으면 사라져 주거든."

"……그렇습니까."

성지한의 말에, 아소카는 곰곰이 생각에 잠겼다.

한편.

"흠. 그래서 자네…… 이걸 계속 연공할 건가?"

"그래야죠."

"영생이 문제가 아니라, 쓰다 보면 어느 순간 죽을지도 모르네만."

"그건 그때 가서 생각해 보겠습니다."

"허, 참으로 대책 없는 친구일세……."

동방삭은 그 대답을 듣고는 고개를 설레설레 저었지만.

성지한도 나름의 생각이 있었다.

'이게 나에게 해가 될 거란 생각이, 아직까지는 전혀 안 든단 말이지.'

검의 완성도가 아직 낮아서 그런가.

마검이 성지한을 직접적으로 위협하는 경우는 없었다.

오히려, 넘쳐 흐르는 공허를 제거해 주는 쓸 만한 수단이었지.

물론 태극마검이 더 발전해서, 효과가 강력해지면 어떻게 될지 모르겠지만.

'일단 그 단계까지 가고 생각하자.'

성지한은 공허의 마검을 계속 수련하기로 했다.

"일단은 써먹어 보렵니다."

"허허……! 그런가? 포기할 생각은 없어 보이는군. 그럼 내가 조언을 좀 해도 되겠는가?"

"좋죠. 지도편달 좀 부탁드립니다."

"그럼 일단 봐 보게. 태극의 안에서……."

성지한이 망설임 없이 배우겠다고 하자, 바로 눈을 반짝이며 그에게 다가가는 동방삭.

강상 시절 때에는 태극마검을 구상만 하던 그였지만.

지금의 그는 600년을 더 수련하면서 검에 대한 이해도가 높아져 있었기에, 성지한에게 더 효율적인 가르침을 주고 있었다.

'……'

그런 성지한과 동방삭을 아소카가 복잡한 얼굴로 바라
보는 때에.

[봉인을…… 해제해 주십시오…….]

붉은 세계수의 앞에선, 봉인 해제를 촉구하는 문자만
하염없이 떠올랐다.

* * *

동방삭의 원포인트 레슨 효과는 대단했다.

[공허가 5 감소합니다.]

공허가 감소하면서, 태극 안에서 모습을 드러내는 마검.
성지한이 아소카 앞에서 성공시켰던 건, 검의 손잡이에
불과했지만.
슈우우우…….
이번에 태극 안에서 모습을 드러낸 건, 작은 단검의 크
기는 되었다.
동방삭은 이를 보면서, 만족스러운 듯 고개를 끄덕였다.
"……이 정도면, 어느 정도는 태를 갖추었군."
손잡이에서 단검으로 발전한 공허의 마검은, 예전의 동

방삭이 꺼냈던 빛의 검에 비해선 보잘것없는 크기였지만.

그래도 그는 이를 보며 만족감을 드러냈다.

형태는 비록 아쉬울지라도.

그 안에 담긴 파괴력은, 동방삭이 오랜 세월 추구해 혼멸혼의 힘이 담겨 있었으니까.

'옆에서 직접 붙어 과외해 주니, 이게 바로 되네.'

무신이 원래 지구를 버리고 새로운 종을 만들려고 했던 이유가 동방삭 때문이라더니.

진짜 무에 있어선, 초월적인 재능을 지니고 있었다.

'근데 이렇게 빨리 완성시킬 정도면 그냥 동방삭이 공허로 마검 완성했으면 되는 거 아니었나.'

성지한은 스타 버프 없이도 단검까지 만들게 도와준 동방삭을 보며 그리 생각했지만.

"한데 자네의 몸이 붕괴하지 않는 게 정말 특이하군. 난 이 검을 꺼내자마자 소멸했을 거라네."

동방삭은 오히려 성지한을 신기하게 바라보고 있었다.

"그렇습니까?"

"그래. 그래서 이 힘으로 마검을 만들 시도조차 하지 못했지. 흠…… 어떻게 가능한 건지 짐작조차 안 가는군."

"뭐, 여러 가지 힘을 지니고 있지만 기본은 평범한 인간입니다."

"허. 자네가 평범한 인간이었으면, 인류가 이미 스스로 적귀들을 다 때려잡았겠지."

성지한의 말에 코웃음을 친 동방삭은 손가락으로 붉은

세계수를 가리켰다.

"그럼 이왕 검을 완성했으니, 저놈에게 실험을 해 보는 게 어떠한가?"

"세계수한테 말입니까?"

"그러네. 이 세계는 봉인된 과거의 세계라지? 어차피 미래는 확정되었을 테니, 여기서 내 한이나 풀어 주게. 저 흉물이 좀 박살 나는 걸 보고 싶어."

성지한은 그 말에 고개를 끄덕였다.

과외 선생님이 1:1 과외를 완벽하게 해 줬으니, 소원 좀 풀어 줘야겠지.

뚜벅. 뚜벅.

성지한이 공허의 단검을 들고, 붉은 세계수에 다가가자.

[안 됩니다, 주인님! 어서 빨리 봉인을 해제해 주십시오!]

세계수 뿌리가 땅바닥에서 올라오더니, 저절로 끊어지 며 문자를 만들어 냈다.

"알았어. 봉인도 해제해 줄게. 근데 이거 통하는지 한 대만 때려 보자."

[주인님!!!]

"근데 왜 내가 주인이야? 우리가 언제 봤다고."

[적과 영원을 지니고 계시지 않습니까?]

"네 주인 누군데? 길가메시냐?"

[아닙니다. 설마 모르십니까…….]

길가메시가 주인이 아니라고?
'그럼 그 녀석이 가르쳐 준 코드도 꽝인 거 아니야?'
성지한은 그리 생각하며, 단검을 들었다.
그러자.
슈우우우우…….
붉은 세계수에서 운무가 퍼지더니, 거인의 머리 귀신이
나타났지만.

[으…… 이, 이 힘은…….]
[으어어억……!]

성지한이 들고 있는 단검에, 그들은 속수무책으로 빨려
들어가더니 사라졌다.
"오…… 저 지긋지긋한 귀신이 완전히 사라지는군."
"확실히, 소멸하는군요."
"마검에 가장 어울리는 힘은, 역시 공허였는가."
그리고 뒤에서 적귀가 확실히 소멸했다고 판정하는 동
방삭과 아소카.

한편, 이 모습을 본 붉은 세계수는 아까보다 더 빨리 문자를 만들어 내고 있었다.

[주인님! 살려 주십시오! 아까 전에 세계수의 과육도 드리지 않았습니까……!]

"아. 그거? 그건 고마워. 하지만 더 줬어야지."

[더, 더 드리겠습니다!]

후두두두두!
성지한의 말이 끝나기가 무섭게, 나무에서 초고속으로 자라나는 사과.
그건 그의 앞에, 우수수 떨어졌다.
조금 전만 해도, 분명히.

−세계수의 과육이 만들어지기 위해선, 1년의 시간이 필요합니다. 봉인이 해제되면 이 시간이 단축됩니다.

다시 만들어지기까진, 1년 걸린다고 했는데.
역시 거짓이었나.
'먹을 시간은 없고, 일단 챙겨 둬야겠군.'
태극마검의 유지시간이 그리 길지는 않았으니까.
과일 먹다간, 태극마검이 사라질 우려가 있었다.

성지한은 인벤토리에 세계수가 떨어뜨린 수백 개의 사과를 쓸어 담은 후.

"고마워."

[야! 줬잖아!!]

"그래서 고맙다고."
검을 들어, 나무기둥에 꽂았다.
그러자.
스으으으…….
순식간에 보랏빛으로 물드는 나무.
나무의 껍질에 순식간에 금이 가더니.
펑……!
세계수가, 나무의 끝부분.
잎사귀부터 갈라지기 시작했다.

[그만. 그만. 그만. 제발 주인님. 이건 아닙니다. 봉인을 해제해 주세요……!]

"이야, 끈질기다 너도."
봉인 해제를 대체 몇 번 이야기하는 거야.
성지한은 세계수의 발악에도 아랑곳하지 않고, 검을 꾹 찔러 넣었다.
사아아아…….

그러자, 나뭇잎에 이어서 사라지는 나뭇가지.

풍성했던 붉은 세계수의 외양이, 빠른 속도로 축소되어 갔다.

"저 흉물이 재생하지 않는군⋯⋯."

"공허의 마검이 확실히 효과를 보이는군요. 하지만."

나무가 사라지는 걸, 유심히 바라보던 아소카가 말을 이었다.

"이대로 세계수를 부수면, 이 세계의 봉인이 풀리지 않을 수도 있습니다."

"봉인을 풀어야, 현실 세계의 동방삭에게 기억이 돌아간다고 했지⋯⋯ 부수는 것으로는 해제가 안 될까?"

"이에 대해서는 확신할 수 없습니다. 봉인 해제에 대해, 아시는 게 있으신 것 같은데⋯⋯ 한번 실험해 보시겠습니까?"

"그거, 잘못된 코드일 수도 있는데."

"그래도 상관없습니다."

툭. 툭.

아소카는 웃으며 자신의 등 뒤에 있는 금륜을 매만졌다.

"시간을 되돌리면 그만이니까요."

"일단 세이브하고, 로드하자는 건가."

"세이브, 로드요?"

"그런 게 있어."

시간을 되돌리는 금륜.

아무리 봐도 저게 제일 사기 같단 말이야.

'어디 그럼, 사기템 써먹어 볼까.'

성지한은 나무에 꽂았던 단검을 뽑고, 그 옆에 길가메시가 가르쳐 준 코드를 작성했다.

[뱀의 목을 벨 시간이다.]

그리고 그 문구가 작성되자마자.

번쩍! 번쩍!

붉은 세계수에서 빨간빛이 반짝이더니.

[길가메시. 너는 나에게 권한을 빌려줬다고 생각했겠지만…… 이미 권한은 나에게 모두 넘어왔다.]

그 안에서, 무신의 음성이 들렸다.

[사라져라. 우둔한 나의 고객이여.]

뱀의 목을 베자고 코드를 썼는데.

오히려 베이는 건, 이쪽인데…….

그러고는 떠오르는 메시지.

[페이크 코드를 작성했습니다.]

[봉인된 세계를 삭제합니다.]

세계를 삭제한다는 메시지와 함께.

나무 위에, 소멸 코드가 수십, 수백 개가 넘게 작성되기 시작했다.

그러면서 금방 전역에 퍼져 나가는 소멸 코드.

세상이 모두 붉은 문자 멸에 뒤덮이자, 성지한은 미간을 찌푸렸다.

'……길가메시 이놈. 쓸모가 없네. 진짜.'

길가메시가 주인이 아니라고 할 때부터 이상했는데.

역시 이런 결과인가.

성지한은 아소카를 바라보며, 신호를 보냈다.

"조금 전으로 돌아가겠습니다."

"부탁하지."

쿠르르르르……

그렇게 황금의 수레바퀴가 거꾸로 돌아가자.

시간은, 성지한이 코드를 작성하기 전의 시점으로 되돌아왔다.

그리고 동시에.

파직. 파직……

금이 가더니, 부서지는 황금의 수레바퀴.

"그거, 일회용이었나?"

"원래는 그렇지 않습니다만, 이번에 거스른 흐름이 너무나도 거대했습니다."

하긴.

까딱 잘못하면 온 세상이 소멸 코드로 뒤덮이는 상황이었으니.

그걸 뒤엎는 게 손쉬운 일은 아니었겠지.

"그래…… 다음 세이브 로드 기회는 없는 거군. 그럼

그냥 부순다."

[주인님!!]

파아아앗!
성지한은 붉은 세계수의 글자를 무시하고 검을 더 깊숙이 꽂아 넣었고.

[주인……]

붉은 세계수는 마지막으로 한 글자를 띄운 채, 사라졌다.
그리고, 세상이 암전하며 메시지가 떠올랐다.

[구궁팔괘도의 내진이 붕괴하여, 육합六合, 오행五行, 사상四象이 해제됩니다.]
['봉인된 세계수의 파편-2'가 파괴됩니다.]
[파괴된 세계수의 파편에서, 잔류되어 있던 기운을 얻습니다.]
[스탯 '영원'이 10 오릅니다.]
[스탯 '적'이 10 오릅니다.]

'이게 봉인의 축이었군, 역시.'
세계수를 부수자, 붕괴하는 내진.

'10씩이면 쏠쏠하게 올라가네.'

아까 회수한 사과까지 먹으면, 오늘 여기 들어와서 얻어가는 게 상당하겠어.

그리 생각하며 성지한이 여기서의 소득을 정산하고 있을 때.

지이잉······.

[태극마검의 숙련도가 상승하여, '기프트 ─ 마검의 낙인'이 사라집니다.]

뜻밖의 메시지가 떠올랐다.

'마검의 낙인이라면······.'

어비스의 주인이 부여했던 마검의 낙인.

그것은 성지한이 이 세계에서 마검을 뽑아내고, 그것으로 세계수까지 파괴하는 데 성공하면서 사라진 상태였다.

그와 함께.

[스킬 태극마검이 미완성 상태에서 벗어나. 스킬 창에서 사라집니다.]

사용할 때마다 확률적으로 무혼을 소모했던 스킬 태극마검도 사라졌다.

'이제 검을 터득했으니까, 알아서 쓰라 이거군.'

그래도 아직은 단검만 뽑아내는 경지인데, 미완성은 벗어났다 이건가.

'그럼…….'

어둠에 잠긴 세계를 보며, 성지한의 두 눈이 깊게 가라앉았다.

낙인이 사라지고, 태극마검 스킬도 미완성에서 벗어났으니.

이제 남은 건, 어비스의 주인에게 도전하는 것.

성지한은 어비스의 주인을 내부에서 장악하고 있던 자신의 파편을 떠올렸다.

태극마검에 의해 갈려 나갔던, 성지한이 모자이크처럼 조각조각 모여 있었지.

'그들은 결국, 반복되는 무신의 무한회귀 속에서 희생당한 나였던 거군.'

성지한은 이번에 구궁팔괘도에 들어오며 알게 된 무신의 무한회귀를 떠올리며.

자신이 어떻게 해서 저 꼴이 되었는지 대략 추측할 수 있었다.

'왜 다들 태극마검에 죽은 건지, 그리고 시간을 되돌리는 과정 속에서 어비스의 주인에 왜 축적된 건지는 모르겠지만…….'

이에 대한 의문점은, 어비스의 주인을 상대하다 보면 알 수 있겠지.

성지한은 인류 멸망 미션 때, 어비스의 주인의 모습을

떠올려 보았다.

압도적인 힘을 지니고 있던 거인.

그때는 그가 성지한을 상대하지 않았기에 가까스로 일격을 먹일 수 있었지만.

이제는 그가 대처를 할 테니, 상황이 다르겠지.

성지한은 머릿속으로 시뮬레이션을 돌려보았다.

'그때에 비해선 나도 많이 강해졌지만, 아직 확실히 승리를 장담할 수는 없군.'

예전에 미션을 받았을 때에 비하면, 엄청나게 성장한 성지한이었지만.

그럼에도 어비스의 주인에게는 확실히 이길 거란 생각이 들지 않았다.

힘 자체만 놓고 보면, 아직도 그가 강력했지만.

변수가 있다면, 이번에 단검을 뽑아낸 태극마검이 그 역할을 해 주겠지.

'……이 녀석에게만큼은, 확실하게 준비를 해서 가야 한다.'

만약 어비스의 주인과 싸우는 공간이 배틀넷 게임 속이었다면. 이 정도 전력 차로도 한 번 바로 도전을 해 볼 만했지만.

그는 엄연히 현실 세계의 북한 땅에 존재하는 상대였다.

거기에 또한 그는, 성지한의 누나인 성지아를 억류하고 있기도 했으니.

그 어느 때보다, 이길 자신이 있을 때 전투에 들어가야
했다.

'이번에 대폭 강화된 적과 영원을 잘 활용해 봐야겠어.'

태극마검의 연성에 공을 들인 나머지, 그간은 좀 소홀
했던 스탯 적과 영원의 권능.

이번에 두 능력이 붉은 세계수를 통해 대폭 강화되었으
니, 이를 써먹을 방안을 강구해야 했다.

그래야, 어비스의 주인도 이겨 낼 수 있겠지.

그렇게 성지한이 다음 단계에 대해 생각하고 있을 때.

"가십니까."

뚜벅. 뚜벅.

어둠 속에서, 아소카가 걸어 나왔다.

분명 시스템 메시지에서 내진은 붕괴했다고 나왔는데,
아직도 형체를 유지하다니.

성지한이 신기한 듯 아소카를 바라보자, 그가 살짝 웃
었다.

"잠시 드릴 말씀이 있어서, 잠시나마 소멸을 유예하고
있었습니다."

"이야기할 게 뭐지?"

"스스로의 목숨을, 중히 여기십시오."

"……뭐?"

기껏 남아서 이야기한다는 게, 살라는 이야기였나.

"당연히 중하게 여기지. 나도 목숨 아까운 줄은 알아."

"……조금 전, 공허의 마검에 대해 이야기할 때. 당신

은 전혀 걱정하는 기색이 아니시더군요."

"그거야, 네 우려와는 달리 내가 거기에 잡아먹힐 느낌은 아니었으니까."

"그렇습니까. 사람이라면 마땅히 조금의 동요라도 있기 마련이건만…… 검을 사용하는 데 있어, 전혀 주저하지 않으셨습니다."

"주저하지 않아도 됐거든."

자신은 괜찮다는 데에도, 묘한 확신을 지닌 채 그에게 말을 지속하는 아소카.

성지한은 그가 왜 이렇게까지 이야기하는지, 희한한 느낌이 들었다.

"내가 포기한 것은 영원이지, 삶이 아니지. 목숨줄은 끝까지 지키고 있을 테니까, 이상한 걱정은 하지 마라."

"……알겠습니다. 제가 괜한 걱정을 했군요. 그래도, 언제나 자신을 우선하십시오. 그것이 생명체라면 당연한 일입니다."

"당연히 그래야지."

성지한은 그렇게 대답하며, 멸신결을 떠올렸다.

'멸신결의 세 번째 권능인 회광반조. 그 권능도 그럼 아소카의 것이겠지?'

어떻게 써먹는지 감도 안 오는 회광반조.

성지한은 상대가 이렇게 걱정해 주는 김에, 이에 대해 물어보기로 했다.

"무신의 권능 중, 회광반조란 것이 있는데……."

성지한은 멸신결에 대해서 대략적으로 설명하며, 회광반조에 대해 이야기를 꺼내자.

아소카는 심각한 얼굴로 이를 경청했다.

"회광반조…… 입니까. 무신이 저를 흉내 낸 권능이라."

"무신의 다른 멸신결은 그래도 써먹는 방법을 어느 정도 알겠는데. 이것은 영 감이 안 오더군. 이걸 써먹을 방법 없을까?"

"……방법을 말씀드리기엔, 제게 주어진 시간이 터무니없이 부족합니다. 다만."

푹!

아소카는 자신의 가슴에 손을 가져다 대었다.

그러자, 그 안에서 금각禁覺이라는 글자가 새겨진 황금 조각이 나왔다.

조금 전에 부서졌던, 금륜의 파편인가.

"이 물건을 지니고 계십시오. 그러면 한 번은 회광반조를 사용할 수 있을 겁니다."

"그냥, 가지고만 있으라고?"

"네. 때가 되면, 알아서 발동할 것입니다."

그렇게 아소카가 건네는 금륜 조각이 성지한에 닿자.

스으으으…….

금각이 새겨진 조각은, 빛이 되어서 성지한의 손에 빨려 들어갔다.

그걸 보고 아소카가 웃음을 지었다.

"이제는, 저도 가야 할 시간이 다가왔군요."

스으으으…….

발끝부터 사라져 가는, 아소카의 육체.

그는 성지한에게 고개를 살짝 숙여 인사하며, 마지막 전언을 남겼다.

"미래의 저에게, 왜 제가 금륜에 금각禁覺을 새겼는지 잊지 말라고 전해 주십시오."

"뭐 언제 만날 기회가 있을지 모르지만, 만나게 되면 이야기하지."

"그럼…….".

화아아아!

아소카의 모습이, 새하얀 빛에 잠겨 사라지자.

성지한은 구궁팔괘도가 원래 위치했던, 해저로 돌아올 수 있었다.

'내진이 붕괴되었는데도, 진이 남았군…….'

육합, 오행, 사상이 해제되었다는 구궁팔괘도.

외진이 파괴될 때도 3개씩 사라졌으니, 이제 마지막으로 남은 진이 하나 있는 건가.

성지한은 이제 핵심부만 남은 구궁팔괘도를 바라보았다.

복잡한 문양의 진이 대부분 해체되고.

중심부의 적색 점과, 이와 연결된 여러 선만 거미줄처럼 뻗어 있는 상황.

'들어가려면, 지금 당장이라도 들어갈 수 있겠다만…….'

하나 성지한은 본능적으로 느꼈다.

'저 핵을 깰 자신이, 아직은 없군.'

내진과 외진이 파괴되자, 진면목이 드러난 구궁팔괘도의 핵은.

성지한으로서도 아직 감당하기 힘들 정도의 기운을 지니고 있었다.

'일단은 귀가해야겠군.'

아직은, 여기에 도전할 때가 아니다.

성지한은 그리 생각하면서, 해저를 떠나 집으로 돌아왔다.

그렇게 돌아온 펜트 하우스에는.

'아무도 없네.'

인기척이 전혀 없었다.

'설마 중국전이 아직도 안 끝난 건가?'

중국전을 치르다 중간에 나왔던 성지한.

하나 구궁팔괘도 안에서 보낸 시간이 상당해서, 당연히 국가대표 게임은 끝난 줄 알았다.

'봉인진도 안에 한 번 들어가면, 시간 개념이 영 혼란스러워진단 말이지…….'

TV 켜서 경기하나 확인해 봐야겠군.

성지한이 그리 생각하며 리모콘을 찾을 때.

삑. 삑.

펜트 하우스의 문이 열리고.

"어, 뭐야. 삼촌이 먼저 왔네?"

윤세아가 일행과 함께 들어왔다.

　　　　※　　※　　※

　중국전 5경기를 금방 마치고, 귀가한 윤세아와 윤세진.

　거기에 같이 출전했던 소피아까지 껴서, 나름 조촐한 뒤풀이가 이뤄지고 있었다.

　"처남, 일은 잘 끝났나?"

　"네, 중국전은…… 승리했나 보군요."

　"처남 아니었으면 졌겠지. 운이 좋았어……."

　"진짜 4경기 졌을 때만 해도 언데드 버프 쓰고 가 주지 삼촌 원망했다니까? 다행히 이겨서 해피 엔딩이지."

　윤세아는 TV에서 중국전 리플레이를 보면서, 안도의 한숨을 내쉬었다.

　"시리즈 MVP도 따고 말이야. 헤헤."

　"나도 따고 싶다…… 서포터는 정말 MVP 따기 힘든 거 같아요. 직업이 너무 수동적이야."

　"솔직히 5경기는 소피아 덕 많이 봤는데. MVP 평가가 아무래도 딜러들에게 치중되는 거 같아."

　성지한이 빠졌던, 중국전의 후반기.

　그 게임이 얼마나 치열했는지, 하이라이트 영상이 계속해서 나오고 있었다.

　특히 TV에서 많이 얼굴을 드러내는 건 윤세아.

　공허의 힘을 사용하는 그녀는, 활시위를 놓을 때마다 상대 진형을 폭격하면서 두드러진 존재감을 보이고 있었다.

"너 공허 꽤 세졌네."

"응. 나도 삼촌처럼 초고속 성장은 못 하지만, 나름 발전은 한다고. 다만 엄마가 자꾸 공허 능력 더 이상 올리지 말라고 해서, 그게 아쉽긴 한데⋯⋯."

"누나가 다 너 생각해서 그런 거다. 공허⋯⋯ 상당히 위험한 힘이거든."

"에이. 근데 삼촌은 뭐 그리 공허를 마구 쓰고 다녀?"

"나야 케이스가 다르지."

성지한의 말에, 윤세아가 고개를 가로저었다.

"엄마도 맨~날 한탄한다니까. 동생이 정말 말 안 듣는다고. 어릴 때도 저러더니 커도 똑같다고. 너는 제발 저렇게 자라지 말라고 성좌님께서 교육까지 하고 있어."

"그건 세아 네가 어릴 때부터 누나가 맨날 하던 이야기잖아. 아직도 하냐?"

"응, 지겨워 죽겠어."

"아빠 이야기는 안 하니?"

"⋯⋯어, 응."

"그래⋯⋯."

괜히 물어봤다가 본전도 못 찾은 윤세진은, 울적한 얼굴로 자신의 잔에 술만 따랐다.

"지한! 근데 무슨 일 하고 왔어요?"

"능력을 업그레이드할 기회가 있어서, 그거 좀 하고 왔습니다."

"거기서 또 업그레이드요⋯⋯."

"1등 자리 계속 지켜야죠."

"아니, 누가 삼촌 자리를 위협해……."

"너?"

"대기만성 10개 있어도 안 되거든?"

윤세아가 그 말을 듣고 어처구니없다는 듯이 성지한을 바라볼 때.

부르르르…….

그녀의 폰이 진동했다.

"아, 진짜."

그리고 진동에 핸드폰을 든 윤세아의 얼굴이 와락 일그러졌다.

"세아, 왜 그래?"

"저번에 쫓겨난 하프엘프 커뮤니티에서 갑자기 연락이 와서. 삼촌이랑 꼭 이야기를 하고 싶다나?"

"하프엘프 커뮤니티라면…… 그 길가메시를 추종하는?"

"스팸 차단해. 세아야."

"했는데도 번호 바꿔서 계속 연락 와. 내가 바꿔야겠어, 그냥."

길가메시가 엮여 있는 하프엘프 커뮤니티.

성지한은 거기서 윤세아에게 연락했다는 이야기를 듣고는, 그녀에게 질문했다.

"거기서 정확히 뭐라는데?"

"그냥 성좌께서 일이 잘되었냐고 물어보신다나? 할 이

야기 있으면 운영자에게 쪽지 보내 달라고 하네."

"그래? 그럼, 나 쪽지 하나만 보내자."

"엑…… 진짜?"

"어, 길가메시한테 할 말 있어."

성지한은 조금 전의 일을 떠올렸다.

길가메시가 가르쳐 준 코드, [뱀의 목을 벨 시간이다] 는.

페이크 코드로 판정났었지.

처음에는 이놈이 함정으로 그런 건가 싶기도 했지만.

'그것보단, 무신의 음성대로 이놈이 그냥 우둔한 고객이라 당한 거 같아.'

성지한은 길가메시가 자신을 속였다기보단, 그도 속아 넘어간 피해자라고 판단했다.

그럼 이 사실을 적극적으로 알려 줘야겠지.

[길가메시. 니가 가르쳐 준 거 페이크 코드던데? 나무에서 불나더라.]

[무신이 너보고 우둔한 고객이란다.]

[권한을 빌려준 게 아니라 이미 넘어갔대.]

"……삼촌. 정말 이렇게 보내?"

"어."

"성좌끼리의 대화인데, 너무 품위가 떨어지지 않아?"

"그딴 거 없어. 우리 사이엔."

"······알았어. 보낸다?"

그렇게 윤세아는 하프 엘프 커뮤니티에서, 성지한이 말한대로 메시지를 보냈고.

[뭐라고······!? 내 권한이, 이미 무신에게 넘어갔다고······!?]

얼마 지나지 않아.

운영자 직속 메시지가 윤세아 아이디로 도착했다.

* * *

[그럴 리가 없다. 그럴 리가!]

격렬한 반응을 보이는 운영자 메시지.

[애초에······ 그래! 페이크 코드라면, 네가 살아 있는 게 이상하지 않으냐! 페이크였다면 분명히 함정이 있었을 텐데!]

[함정 있었지. 세계수가 불타면서, 세상이 소멸 코드로 뒤덮이더라.]

[뭣······ 근데 거기서 살아남았다고?]

[어, 아소카가 시간 돌려 줬거든.]

성지한은 윤세아의 아이디로, 그에게 일의 전말을 대강 알려 주었다.

[······날 속이는 건 아니겠지?]

[날 의심할 시간에 계약 확인이나 다시 제대로 해 봐

라. 멍청한 놈아.]

[기, 기다려 보거라.]

그러면서 잠시 침묵 상태에 들어간 길가메시.

성지한의 말을 자신의 핸드폰으로 전송했던 윤세아는 그제야 성지한에게 물었다.

"대체 무슨 일이야?"

"나름 큰일을 치르고 왔지."

"아니…… 근데 뭔가 심상치 않은데. 말하는 게. 세계수에 소멸에, 무신에……."

"역시 처남…… 중국전을 치르다 나간 이유가 있었구나."

"아, 그건 걔들이 너무 상대가 안 돼서 그런 겁니다."

국가대표 경기에 나가기엔 이제 수준이 안 맞아도 너무 안 맞으니, 2경기까지만 승리하고 나간 거지.

한편 윤세아의 핸드폰에서 메시지를 함께 훔쳐보던 소피아는, 눈을 반짝였다.

"지한, 세계수를 찾으신 건가요? 그 세계수 연합이랑 관련이 있는 건가?"

"자세한 사정을 말씀드리긴 그렇군요."

"으음…… 히어로의 비밀…… 인 건가요?"

"삼촌이 말 안 해 줄 정도면, 보통 심각한 문제가 아닌 거 같은데?"

"음."

성지한은 지금 자신이 처한 상황을 떠올렸다.

무한회귀 상태인 무신.

그는 원래도 강한데, 투성에 별처럼 띄워 놓은 성좌의 무구를 통해 엄청나게 힘을 증폭시킬 수 있는 상대다.

그에 반해 자신은, 인류 중에선 최강이라지만 북한 땅에 있는 어비스의 주인과도 승리를 장담할 수 없는 상태.

태극마검은 단검을 뽑아내는 지경까지엔 이르렀지만, 아직도 전력 차이는 하늘과 땅 차이.

아니 그 이상이었다.

그리고 자신이 패배하면.

'이 세계는 파멸하고, 무신은 또 유유히 과거로 돌아가는 건가……'

이 정도면, 보통 심각한 문제로 치부할 게 아니라.

"인류의 명운이 달린 문제네."

그 말에 젓가락을 짚던 윤세아가 화들짝 놀라, 음식을 떨어뜨렸다.

"엑! 뭐 스케일이 그렇게 커? 그 문제에 인류가 걸렸다고?"

"어."

"아니…… 지한이 현재 처한 문제를 풀지 못하면, 저희도 다 같이 망하는 건가요?"

"네."

"……브론즈 리그에서 강등이라도, 당하는 건가?"

"그래도 멸망하겠지만, 이번 문제를 해결하지 못해도 망할 겁니다."

무신이 시간을 되돌리면, 애초에 모든 게 리셋이니까.

지금 이 세계에서 살아가는 모든 사람은 사라지는 거나 다름없다.

"아니…… 그럼 보통 심각한 문제가 아닌데?? 뒤풀이할 때가 아니잖아?"

"맞아요. 파티 할 때가 아니네요?"

"처남…… 내가 뭐 도울 방법 없겠나?"

그렇게 셋이 심각한 어조로 이야기하고 있을 때.

삑. 삑.

"세아야~ MVP 축하해~!"

"안녕하십니까."

이하연과 그녀의 보디가드인 임가영이 술을 잔뜩 들고 들어왔다.

웃는 얼굴로, 중국전 승리 기념 뒤풀이를 참석하려던 그녀들은.

"……분위기 왜 이래?"

"오늘 이긴 거 아니었습니까?"

심각한 분위기로 성지한을 바라보고 있는 사람들은 보며, 고개를 갸웃했다.

* * *

"……아니, 오너님께 인류의 명운이 달렸다니. 그렇게 심각할 문제가 있나요? 사람들은 요즘이 제일 살기 좋다던데."

배틀넷 진입 후, 종족 진화 효과를 톡톡히 받아 왔던
인류.

모두들 이제 예전으로는 도저히 못 돌아가겠다고 말할
정도로.

삶의 퀄리티는 크게 상승한 상태였다.

"지금이 전성기긴 하지! 귀가 튀어나오는 부작용이 있
긴 했지만."

윤세아는 그 말을 받으면서 자신의 귀를 매만졌다.

그녀처럼 귀가 나오거나, 턱이 나오는 등 모습이 변한
사람이 적지는 않았지만.

그런 사람들도, 대다수는 진화 전보다 진화한 지금의
상태에 만족하고 있었다.

그만큼 살아가는 데 있어서 체감 효과가 컸으니까.

이렇게 제3자가 느끼기엔, 인류의 최전성기라 할 수 있
는 이 시대에.

막상 이를 가져와 준 성지한이 명운을 이야기하자 놀랄
수밖에 없었다.

'괜히 한마디 꺼냈다가, 새삼 분위기가 심각해졌군그
래.'

성지한은 좌중의 모두가 자신을 뚫어지게 바라보는 걸
보면서 쓴웃음을 지었다.

말조심을 좀 할 걸 그랬나.

하지만.

'근데 어차피 지면 모든 게 끝인데…… 딱히 숨길 필요

도 없지 않나?'

앞으로의 강적들을 상대하기 위해선, 가용할 수 있는 힘은 모조리 써먹어야 했다.

그리고 이러한 힘 중에 가장 쓸 만한 게 스타 버프였으니.

'그럼 무신과 싸우던, 어비스의 주인과 싸우던 결국 공개는 해야겠지…….'

그렇게 배틀튜브로 다 내보낼 거면.

지금 이들의 궁금증도, 어느 정도 풀어 주는 게 낫나.

성지한이 어떻게 할지 잠시 고민하고 있을 때.

부르르르르……!

윤세아의 핸드폰이 진동했다.

[으아아아아! 무신 이 망할 뱀 새끼가……!]

하프 엘프 커뮤니티 운영자, 길가메시에게서 온 메시지는.

뱀에 대한 비난으로 가득했다.

[당했다. 당했어. 뱀이 나를, 농락했다……!]

[뭐 어떻게 당한 건데?]

[……아들에게, 아버지의 허물을 다 밝힐 수는 없다.]

성지한은 문자를 보고 미간을 찌푸렸다.

이놈은, 뭐 이런 상황에서 아들 타령이야.

[네놈 같은 아버지 안 됐으니까 개소리 집어치우고 빨리 말해.]

[절대, 절대 말할 순 없다……! 아아아악……!! 내가 미

쳤지……!! #$**#$#퍼센트!#]

어떻게 사기를 당했는지, 멘탈이 붕괴한 것 같은 길가메시.

"……이 인간 진짜 그 성좌야? 태초의 왕이라면서 으스대던?"

"그냥 길가메시인 척하는 사람한테 속고 있는 거 아닐까요?"

"진짜 사칭일지도 몰라요. 요즘 하도 이상한 사람이 많아서."

윤세아의 핸드폰을 보던 사람들이 이거 가짜 아니냔 추리까지 하고 있을 무렵.

[……아들아. 안 되겠다. 융합하자. 그래야 무신에게 대항할 수 있다.]

[아들 소리 한 번만 더하면 너부터 죽인다.]

[큭…… 이건, 너무 계획 외다…….]

길가메시는 패닉에 빠졌는지 횡설수설을 하고 있었다.

[이래서는 멸망이야. 인류는 그저 뱀의 먹이가 될 뿐이다…….]

[나뿐만 아니라 내 자식과 후손들이, 모두 다 그의 뱃속에 들어간다고!]

[어떻게 하지? 어떻게 해야 이 일을 해결하지…….]

태초의 왕이라면서 으스댈 땐 언제고 왜 저리 망가졌어.

'봉인지에서 보았던 둘과는 너무나도 다르군.'

세계 전역의 적귀를 봉인하고, 세계수에서 귀신들이 나오지 않게 수백 년을 지켰던 동방삭이나.

일이 여의치 않자, 종국에는 세상을 겁화로 물들이려던 무신의 계획을 막은 아소카.

그 둘에 비하면, 길가메시는 어째 볼수록 무게감이 가벼워지고 있었다.

성지한은 신세 한탄하는 그의 메시지를 차가운 눈으로 바라보다가.

[그만 징징거리고. 투성 상황은 어떻지?]

[징징이라니…… 무엄하구나!]

[니가 보낸 메시지나 나중에 한 번 다시 정독하고 판단해 봐라.]

성지한의 말에 진짜 자기가 보냈던 메시지를 보는지, 한동안 답이 없던 그는.

[……투성은 별다를 게 없다. 깨어난 아소카를 만나 보려고 해도, 무신이 접촉하지 못하게 가로막고 있지.]

화제를 투성으로 전환했다.

[동방삭은?]

[그도 여전하다.]

[그래?]

성지한은 고개를 갸웃했다.

봉인을 해제했으니, 기억을 찾은 거 아니었나.

'……아니면 설마, 핵까지 부숴야 찾는 거야?'

뭔 놈의 기억을 제일 안쪽까지 봉인해 놨어.

안 그래도 어비스의 주인 넘어서도 무신이 남아 있는 지금.

동방삭은 우군으로 포섭하든지, 아니면 최소한 적은 아니게 만들어야 했다.

그러려면, 예전 기억을 되찾게 해 주는 게 필수적인데 말이지.

[음, 무신이 종들을 호출했군…….]

[종종 이리로 투성 소식 좀 전해라. 나한테 직접 성좌 메시지로 보내면 더 좋고.]

[그건 힘들다. 무신이 널 상당히 경계하니까.]

[날?]

[그래…… 배틀넷을 통해 보내는 것보다, 오히려 이렇게 커뮤니티에서 메시지를 보내는 게 그에게 포착되지 않을 거다.]

[하프 엘프 커뮤니티가 배틀넷보다 보안이 잘된다고?]

[무신이 이런 사이트까지 검열하진 않으니까.]

[그럼, 무신은 배틀넷 메시지까지 검열할 수 있단 이야기인가?]

[……혹시나 해서 조심하는 거다. 이리로 추후 소식을 보내지.]

그러면서 연락을 끊은 길가메시.

'이럼 투성의 첩자가 피티아에서 길가메시로 바뀐 건가.'

성지한은 피식 웃으며, 윤세아의 폰에서 손을 떼었다.

나중에 소식 받아 보려면, 이거로 계속 연락해선 안 되겠네.

"세아야. 이 사이트 아이디 좀 알려 줘."

"삼촌 폰으로 로그인해 놓게?"

"어. 조심성 많은 투성의 주인께서 그리 원하시니까."

"주인은 무슨…… 종이잖아 그냥?"

윤세아는 그러면서, 성지한의 핸드폰에 하프 엘프 커뮤니티를 자동 로그인해 놓았다.

그러면서 그녀는 조심스럽게 그에게 물어보았다.

"그, 인류 명운과 관련된 이야기는…… 역시 비밀인 거지?"

"그렇지는 않아. 나중에 어차피 배틀튜브로 다 생중계해야 하거든."

"그, 그래?"

"어, 어차피 버프 받으려면 배틀튜브를 통해 만천하에 공개해야 하니까. 다만."

성지한은 그러면서 주변을 스윽 둘러보았다.

"이와 관련된 이야기는, 좀 정리하고 말씀드리겠습니다."

"처남, 난처한 이야기면 굳이 이야기 안 해 줘도 괜찮아. 부담 주고 싶진 않네."

"아니에요. 다들 제가 패배하면 왜 죽는진 알아야죠."

"……그, 그런가?"

"아니면 그냥 모르는 체 있다가 죽는 게 나을까요?"

성지한의 물음에.

"……아니요."

"이유는 알아야죠."

모두가, 고개를 저었다.

*   *   *

투성의 중심부.

거대한 신왕좌가 놓인 그곳에선.

방랑하는 무신이 자리에 앉아 자신의 종들을 모두 호출한 상태였다.

[관리자들의 견제가 생각보다 집요하군…….]

종들을 둘러보며, 그리 말문을 연 무신은.

[길가메시.]

"……왜."

[피티아에게 미리 명했다. 그녀의 길 안내를 따라, 적을 상대해라.]

"적…… 누굴 말하는 거지?"

[네가 상대해야 할 건, 백색의 관리자의 졸개다.]

"내가 왜 그런 일을…….]

[우리의 계약, 잊지 않았겠지?]

사기당한 계약을 언급한 무신을 보며, 길가메시는 두 눈을 부릅떴지만.

"……알겠다."

그는 애써 화를 억누르며, 일단 무신의 명에 따랐다.

번쩍!

피티아가 연 포탈을 따라서 사라지는 길가메시.

두 종이 나간 걸 잠시 지켜본 무신은.

[동방삭.]

"예. 주인이시여."

[어비스의 주인에게, 태극을 부여해라.]

"어비스의 주인이라면……."

지이이잉.

동방삭의 반문에, 북한 땅을 띄워 주는 무신.

동방삭은 이를 보고는, 고개를 숙였다.

"알겠습니다. 바로 가겠습니다."

슈우우우…….

서서히 사라지는, 동방삭의 신형.

어느새 남은 무신의 종은, 아소카 한 명뿐이었다.

[…….]

가만히 그를 내려 보는 무신과, 웃는 낯으로 서 있는 아소카.

[너는, 명이 내려지는 대로 금륜적보를 돌릴 준비를 해라.]

"……그렇게 하겠습니다."

[그럼, 다시 가 보겠다.]

슈욱!

무신의 형체가 사라지고.

'……동방삭이 태극을 부여하면, 이번 회차도 실패인가.'

아소카는 차갑게 가라앉은 눈으로 상황을 그리 판단하고 있을 때.

[아소카. 금각은…… 아직도 지키고 있나?]

분명 사라졌던 동방삭의 목소리가, 그에게 들려왔다.

6장

6장

'기억이 돌아왔구나. 동방삭.'

아소카는 옅게 웃음을 지었다.

무신의 무한회귀 속에서, 그가 기억을 찾은 건 이번이 처음.

'이번엔, 확실히 가능성이 있다⋯⋯.'

그는 마음을 다시금 다졌다.

회귀를 할수록 강해지는 무신.

그가 더 강해지기 전에, 여기에 회귀를 끊어야 했다.

아소카는 눈을 감았다.

그러자, 그의 심상에서.

공간을 넘어 지구의 하늘에 서 있는, 동방삭이 포착되었다.

[금각은, 당연히 지키고 있네.]

투성에 있으면서, 동방삭에게 음성을 내보내는 아소카.

[다행이군.]

이를 듣는 동방삭도, 당황해하지 않고 그에게 대답을 했다.

[무신, 아니 뱀을 직접 베고 싶지만…… 자네도 알다시피, 난 그에게 거역할 수가 없네.]

[그것은 나도 마찬가지네.]

과거.

무신이 가장 골칫거리로 여겼던 두 인물은 바로 동방삭과 아소카였다.

오죽했으면 그 둘 때문에 행성 지구에 겁화를 피워, 다른 곳으로 이주할 생각까지 했을까.

결국 아소카의 제안으로, 이주 대신 무한회귀를 택한 무신이었지만.

그는 둘에 대한 경계를 놓지 않았다.

온갖 제약으로, 자신에게 거역하지 못하게 만든 것은 물론.

[만약 내가 기억을 되찾았다는 걸 그가 알아채면, 난 그 자리에서 죽겠지.]

[……맞네. 그에겐 절대로 알려져서는 안 돼.]

[그럼, 이번 일은 어찌하면 좋겠는가.]

어비스의 주인에게, 태극을 부여하라는 명을 내린 무신.

그 뜻은 자명했다.

어비스의 주인이 성지한을 제압하도록 도우라는 것이 겠지.

'무신에게 이번 회차는 가장 위험도가 크지만, 그만큼 득도 많다. 특히 변수로 작용할 성지한이 죽고, 회귀를 다시 가동할 수 있다면…… 그는 목표에 한층 더 다가가게 되겠지.'

아소카는 투성의 하늘을 바라보았다.

수없이 많이 떠 있는, 성좌의 무구.

저것은 무한한 회귀 속에서, 무신이 한 회차의 힘을 저장해 두는 수단이었다.

'처음에는 투성의 하늘에 성좌의 무구가 단 하나도 없었다.'

이제는 밤하늘의 별보다 더 많이 보이는, 성좌의 무구.

이것은 무신이 그만큼 회귀를 많이 했음을 의미했다.

계속 시간을 돌려 가면서, 힘을 무구에 저장해 둔 그는.

저것의 힘을 모조리 흡수하기만 해도, 관리자에 버금가는 힘을 얻을 수 있겠지.

'하나 그의 목표는 임기제 관리자가 아니라, 그 이상…….'

임기가 정해지지 않은, '상시 관리자'.

우주의 절대자, '흑백'의 관리자와 동등한 위치에 서려고 하는 게 무신이 지닌 야심이었다.

'한데 최근 회차에서는, 성좌의 무구가 더 이상 늘어나지 않았지.'

무한회귀를 통한 힘의 축적에도, 한계가 다가온 것일까.

성좌의 무구는 더 이상 늘어나질 않고 있었다.

이러면 기존의 방식을 한 번 비틀어, 모험을 해 볼만도 했지만.

'그는 안전을 추구했지.'

1회차에 힘이 0.00001%씩 늘어나더라도.

무신은 백만 번 더 과거로 돌아가면 된다는 마음가짐을 지니고 있었다.

그만큼, 도전보다는 안정을 중요시하는 게 무신의 성정.

이번엔 흑백의 관리자가 감시를 해 오는 것에 더불어서, 변수 성지한이 지닌 가치가 탐나서 잠시 회귀를 멈추고는 있지만.

'어비스의 주인에게 태극을 부여하지 않으면, 무신은 눈치를 챌 터.'

동방삭이 자신의 명을 듣지 않는다면, 무신은 이변을 바로 알아챌 것이다.

그러면, 그는 바로 금륜적보를 돌리려 하겠지.

[태극을, 확실하게 부여해 주게.]

[그러면 성지한이 질 가능성이 높네만.]

[그가 무신을 극복할 재목이면, 자기 자신도 이겨 내겠지. 우리에게 기회는 한 번뿐이네. 자네가 반역을 할 수도 있다는 걸 알면, 다음 회차부터 자넬 죽이고 시작할 거야.]

[그렇군…….]

[무신의 명을, 확실하게 이행하게. 아직은, 이빨을 드러낼 때가 아니니.]

[자네의 뜻에 따르지.]

아직은, 무신에게 반역할 때가 아니다.

아소카는 최적의 시기가 오기를 기다렸다.

* * *

성지한이 꺼낸 이야기 때문에, 중국전 뒤풀이가 찜찜하게 끝나고.

"무신…… 길가메시…… 이들이 인류를 멸망시키는 건가요?"

"길가메시는 확실히 아닙니다. 그럴 재능이 없어 보이거든요."

"으, 정보가 너무 부족해서 모르겠네요. 오너님, 나중에 꼭 말씀해 주셔야 해요?"

"당연하죠. 저도 버프 때문에 생중계해야 하니까요."

"버프요?"

"제 버프 중에 시청자에 비례하는 버프가 있거든요."

"오, 그런 게 있어요?"

집에서 떠나려던 이하연은 성지한의 버프 이야기를 듣고는 눈을 반짝였다.

"그러면 지금 당장 세계 정부에 전달해서, 모든 사람들에게 오너님 채널을 틀라고 해야겠네요!"

"오, 언니…… 좋은 생각인데? 당장 하자!"

사람들을 동원해서, 강제 시청을 시키자는 이하연의 제안.

이건 현재 성지한이 인류에서 지닌 위상을 생각해 보면, 충분히 실현 가능했다.

하지만.

"인류 시청자는 크게 효과가 없습니다. 외계인이 보는 게 효과가 좋아요."

"아, 그래요? 버프 참 까다롭네요……."

"외계인들 삼촌 채널 많이 보긴 하던데. 그래도 부족한가?"

"무조건 늘릴수록 좋지."

"그럼 예전에 세계수 엘프가 죽어 나갔던 컨텐츠를 더 발굴해야 할까요."

"제 채널이 그 단계는 넘어선 것 같습니다만."

"하긴 그렇죠…… 관리자가 등장하는 채널이라고 워낙 유입이 많았으니."

성지한 채널의 발전사를 떠올리던 이하연은, 곰곰이 생각에 잠겼다.

여기서 어떻게 해야 더, 동시 시청자를 늘리지?

"으으…… 외계인들이 좋아할 만한 컨텐츠 개발이 쉽지가 않네요. 하급 종족에 대해선 별 관심이 없어 보이니."

"저번 보스 러쉬 영상 정리하는 건 어때 언니?"

"그건 지금 영상 편집 중이야. 관리자의 손이 나왔으니, 이건 좀 관심을 끌 거 같긴 한데……."

성지한이 플레이한 게임 말고도, 신규 컨텐츠로 뭘 해야 하나.

이하연은 머리를 굴려 보았지만, 외계 종족에게 흥미를 살 만한 내용이 딱히 떠오르지 않았다.

"삼촌, 인류 시청자가 별 효과는 없다고 해도, 모으면 조금이라도 쓸모 있지 않을까? 그냥 지금 바로 동원해 버리자."

"맞아요, 지한. 인류의 명운이 걸려 있는 문젠데, 모두 배틀튜브 틀라고 하죠."

"그건 제가 내용 정리하고 추진해 보죠."

"사람들에게 멸망에 대해 알리고?"

"어, 이유를 알아야 열심히 틀어 놓겠지."

성지한은 그러면서, 어디까지 이야기를 해야 하나 생각했다.

'무신의 무한회귀에 대해 다 공개하면, 이놈이 그냥 시간 과거로 되돌릴 거 같은데…….'

무신의 종들에게, 뱀이라고 불렸던 무신.

그는 좋게 말하면 신중하고, 나쁘게 보면 겁이 많아 보였다.

성지한이 무한회귀에 대해 파악했다는 걸 눈치채고, 그가 이를 만천하에 공개하려 들면.

'이번엔 여기까지다' 하면서 시간을 되돌릴지도 모르지.

'하. 약자인 내 쪽에서 제발 겁먹지 말라고 안심을 시켜 줘야 하네.'

수틀리면 세이브 지점으로 로드를 할 수도 있으니, 참 까다로운 상대야.

일단은 상황의 추이를 보면서, 어디까지 정보를 공개해야 할지 생각을 해야겠네.

'이 문제는 일단 보류하고, 구궁팔괘도에서 얻었던 힘을 좀 정리하자.'

이번에 봉인을 한 단계 더 풀면서, 얻어 냈던 수많은 능력치.

성지한은 이를 자신의 것으로 활용하기 위해, 수련을 할 필요성을 느꼈다.

"일단, 사람들한테 강제 시청시키는 건 나중에 하고. 전 수련장 좀 다녀오겠습니다."

"응. 삼촌 잘 다녀와~"

그렇게 이야기를 끝내고, 공허의 수련장으로 들어간 성지한은.

먼저 상태창에서 자신의 능력을 확인했다.

레벨 : 495
소속 : 스타 리그 – 스페이스 2
무혼 : 490
공허 : 195
적 : 73

'레벨이 언제 495까지 올랐데.'

보스 러쉬에서 레벨이 쭉쭉 오르긴 했지만, 저 정도는 아니었는데.

구궁팔괘도에서 세계수를 없애서 그런지, 레벨은 어느덧 500에 근접해 있었다.

여기에 구궁팔괘도의 내진을 부수는 과정에서 크게 늘어났던 적과 영원.

'과일…… 맛있었지.'

성지한은 구궁팔괘도 안에서, 붉은 세계수에게 강탈했던 과일이 떠올랐다.

천상의 맛을 지녔던 세계수의 과육.

그걸 하도 많이 먹은 덕분에, 중국전 뒤풀이 때 먹었던 음식들은 아무 맛도 느껴지지 않았다.

'세계수의 과육 때문에 입맛 버리겠군. 이번에 남은 거 다 꺼내 먹자.'

성지한은 수련장 안에서, 세계수에게서 뺏었던 과일을 다 꺼내 먹었다.

먹을 때마다 입에서 진짜로 불이 나는 사과.

그가 그렇게 난 불에서 적의 기운을 흡수하면서, 강탈한 사과를 다 먹어치우자.

[적이 1 오릅니다.]

[영원이 1 오릅니다.]

적과 영원이 조금씩 오르기 시작했다.

그렇게 해서 총 늘어난 능력치는.

'적 2에 영원 3인가…….'

적 75, 영원 30을 달성한 성지한은, 상태창에서 잔여 포인트가 상당량 남아 있는 걸 발견했다.

평소엔 이 잔여 능력치로 적을 올리곤 했지만.

'이젠 관리자의 손에서 적을 올리면 되니까. 잔여 포인트를 여기다 쓸 필요는 없어.'

공짜로 올릴 방법이 있는데, 군이 포인트 낭비할 필요는 없지.

성지한은 그럼 남은 잔여 능력치를 어디다 투자할지 생각했다.

'영원은 불완전이라 못 올리고, 공허도 200을 안 넘기는 게 중요한 능력이라 올릴 필요는 없으니…….'

그럼 남은 후보군은 하나, 무혼밖에 없었다.

'여기다 다 투자해야겠군.'

그렇게 남은 잔여 포인트를 무혼에 다 넣자, 무혼 능력치가 생각보다 쑥쑥 오르기 시작했다.

예전에는 잔여 포인트를 투자해도 찔끔 오르거나, 이젠 잔여로 못 올린단 메시지만 나오더니.

'500…… 금방 돌파하네.'

이번에 남아 있던 잔여 포인트를 모조리 투자하자, 무

혼은 502가 되었다.

오히려 예전에 올릴 때보다도, 투자 효율이 좋아진 무혼.

'태극마검을 단검의 형태로나마 완성해서 그런 건가.'

그러고 보면, 구궁팔괘도에서 천마신공의 일검파천을 얻었을 뿐만 아니라.

태극마검까지 발전시켰으니.

무공의 발전양상에 따라 영향을 받던 무혼도 효율이 증가할 만했다.

'이 정도면, 꽤 강해지긴 했다만…….'

상태창 점검을 통해, 자신을 업그레이드시킨 성지한은 어비스의 주인을 떠올렸다.

'……그놈과 싸우긴, 아직 힘들어.'

태극마검만 믿고 어비스로 돌진하기에는, 일단 그와 성지한이 지닌 기본 스펙부터 차이가 크게 났다.

물론 스타 버프를 동원하고 하다보면, 격차야 지금보다 줄어들겠지만.

그래도 그와의 전투는, 게임 속이 아니라 현실에서 벌어지는 만큼 모든 준비를 끝마쳐야겠다.

'이번에 크게 발전한, 적과 영원에서 실마리를 찾자.'

성지한은 그리 생각하면서, 수련장에서 발전된 적과 영원에 대해 본격적으로 연구를 하기 시작했다.

그렇게 얼마나 시간이 흘렀을까.

"……영 숙련도가 안 느는군."

적과 영원.

전자는 적색의 관리자가 사용하던 권능이고.

후자는 세계수의 무한한 생명력과 연관이 있는 능력이다.

성지한도 두 힘에 대해선, 어느 정도 이해도가 있어서 활용할 순 있었지만.

이걸 어비스의 주인과 싸울 때, 효과적인 형태로 써먹으려고 하니까 쉽지가 않았다.

'난 동방삭이 아니란 사실만 깨우치는군.'

그가 태극마검을 원포인트로 레슨해 줄 땐 금방 발전했는데.

혼자서 머리 싸매고 능력 업그레이드하려 하니 영 진척이 없었다.

진짜 아소카 말대로, 재능 부족인가.

'……현 상태에선 아무리 연구해도 제자리다. 그러느니, 차라리 능력치를 더 올려 봐야겠어.'

이해도가 부족하면, 스탯을 올려 보자.

성지한은 그렇게 현 답보 상태를 해결해 보기로 하고는.

"인벤토리."

인벤토리를 열었다.

거기 맨 끝에는, 관리자의 손이 담긴 '흑색의 봉인함'이 위치해 있었다.

성지한은 함을 꺼내, 이를 열었다.

그러자.

[황금알, 수거 시간?]

적색의 눈동자 위로, 메시지가 떠올랐다.
저번에 황금알을 낳는 거위라고 했던 걸, 기억해 두고
있었나.
"어. 빨리 알 낳아라."

[알겠음.]

붉은 눈은 성지한의 말을 순순히 긍정하며.
스스스스…….
사방으로 핏줄을 뻗기 시작했다.

* * *

공허의 수련장 안.

[스탯 적이 1 오릅니다.]

성지한은 눈 형태로 놓여 있는 관리자의 손에서, 스탯
적을 계속 흡수해 나갔다.
예전에 잔여 포인트를 대거 투자한 게 아까울 정도로,
너무나도 쉽게 오르는 스탯 적.
'어느새 100이 되어 버렸네.'

적이 100에 도달하자, 성지한에게 완벽하게 제어되던 불의 힘이 슬슬 그에게서 벗어나려 들고 있었다.

"이제 그만 만들어."

[그러지 말고 더 먹는 게 어떰?]

"더 이상은 통제 불가능이야."

[……감이 좋음. 역시.]

성지한에게 그리 메시지를 보낸 관리자의 손은, 순순히 실핏줄 만드는 걸 멈추었다.

황금 알 낳으라고 할 때부터 협조적이더니.

우주의 절대자였던 관리자의 손답지 않게, 성지한이 말만 하면 다 따라 주는 상대.

성지한은 바닥을 바라보며, 입을 열었다.

"너, 내 말 되게 말 잘 듣는다?"

[왠지 네 말은 들어야 할 거 같음.]

"그래서 이렇게 순종적인 거냐?"

[아, 다른 이유도 있음.]

이유가 있다고?
"뭔데 그게?"

[감당 가능함?]

"말이나 해 봐라."

[적 200되면 이야기함.]

스스스스…….
그러면서, 실핏줄을 만들어 내는 적색의 눈.
"지금 흡수 안 한다니까."

[쫄림? 그럼 나중에 들으셈.]

  적색의 관리자의 손이, 그렇게 은근히 성지한을 도발했
지만.
  두둥실…….
  그가 눈을 띄워서, 다시 흑색의 봉인함에 넣으려고 하
자.

  [아니, 벌써 봉인할 거임? 그러지 말고 조금만 더 있게
해 주셈.]

눈 위로 황급히 메시지가 떠올랐다.

'어지간히 들어가기 싫나 보네.'

이러면, 대화가 좀 통하려나.

성지한은 이왕 이렇게 된 김에, 그에게 스탯 적에 대해 물어보기로 했다.

"야, 스탯 적은 어떻게 쓰는 거냐?"

[?? 그렇게 모아 놓고도 모름?]

"써먹을 줄은 아는데, 이해도를 더 높이고 싶어서."

[본체는 적을 주로 코드를 작성할 때 썼음.]

"소멸 코드 같은 거?"

[맞음.]

성지한은 그 말에 코드의 종류를 떠올려 보았다.

'소멸과 지배가 가장 많이 나왔고. 봉인 코드도 있었지.'

철혈십자가 지녔던 소멸 코드와, 만귀봉신이 지녔던 봉인 코드.

거기에 길가메시의 천수강신이 지배 코드를 지녔다고 보면, 이제 남은 멸신결에서 코드가 두 개 있다고 유추할 수 있었다.

'그러면 이제 남은 건, 회광반조와 빙천검우인데…….'

빙천검우는 탐색 코드라 치면, 회광반조는 뭘까.

시간을 돌리는 건 알겠는데, 이걸 무슨 코드라고 해야 규명해야 하는진 애매하단 말이지.

"소멸, 봉인, 지배 코드. 이건 알겠는데. 여기에 나머지 2개는 뭐냐? 탐색?"

[코드가 5개만 있을 거라 생각함? 본체가 만들어 둔 코드는 수천 가지임.]

"……수천 개나 된다고?"

[당연. 흑백의 상시 관리자가 고고하게 뒷짐 지는 사이, 본체만 고생했음.]

지이이이잉.

눈동자 위로, 문자가 마구 나타나기 시작했다.

[녹색 놈은 애초부터 뒷주머니만 챙기고 있었고, 내 본체만 불쌍하게 관리자 일 다 떠맡고 있었음…….]

"녹색은 그때부터 그랬냐."

세계수 연합을 이끌고 있는 녹색의 관리자.

이놈은 적색의 관리자가 활동할 때부터, 딴생각을 하고 있었나.

[본체는 이렇게 열과 성을 다해서 일하면, 상시 관리자들이 공로를 인정해서 적색을 상시 관리자로 올려줄 거라 기대했었음…….]

"아무리 니 본체라고 해도 너무 미화하는데. 어쨌거나 적색은 관리자 자리를 들고 튄 거잖아."

[아님! 배틀넷 시스템을 뜯어고쳐서 대거 유지 보수한 게 본체였음. 그렇게 열심히 일했는데 관리자 자리에서 물러나라고 하다니…… 분명히 일 다 하면 상시로 올려준다고 했었는데!]

성지한의 말에 발끈하는 관리자의 손.
어째 이놈 말만 들어 보면 비정규직한테 정규직 전환해 준다고 해 놓고, 쓰다 버린 느낌인데.
물론, 상대가 적색의 관리자 입장에서 이야기하는 걸 고려해야겠지만.

[근데 입 싹 씻고 은퇴하라니…… 그게 말이 됨? 관리자 은퇴하면 남은 건 죽음뿐임…….]

"그래서 튀었냐?"

[맞음. 그렇게 도주 중 내가 잘린 거임.]

"그때 일 자세하게 풀어 봐."

[나도 자세힌 모름. 난 손임. 손이 뭘 알겠음?]

"지금까지 말해 놓고, 이제 와서 모른다고?"

[진짜 모름. 진짜로.]

손이란 놈이 이렇게 눈동자로 변해서 문자를 팍팍 써놓
곤 이제 와서 모른다고?
성지한은 차가운 눈으로 눈동자를 바라보다가.
"아는 거 없으면 들어가라 그냥."
다시 그를 흑색의 보관함으로 옮기려 했다.

[그, 그거 말고 다른 건 알고 있음!]

"어떤 거?"

[적의 활용법. 적은 특별한 '연소'를 통해, 에너지를 얻
었음.]

"연소라…… 불태워서 에너지를 얻는 거면, 그거 화력 발전이잖아?"

[화력 발전?]

"어. 불로 전기 만드는 거지."

[개념 자체는 비슷. 하나 적의 연소는 에너지의 교환비가 다르고, 전기를 만들지도 않음.]

"그래? 그럼 뭘 만들어."

[그건 사용자에 따라 다름.]

또 중요한 안건엔, 두루뭉술하게 이야길 하네.
성지한은 미간을 찌푸리며 눈을 보관함에다 넣었다 뺐다 반복했다.
"그 특별한 연소 방법, 제대로 알려 줘 봐라."

[코드로 '성화'를 쓰셈.]

"성화……."
성지한은 적색의 손이 가르쳐 준 문자를 보고는, 눈을 번뜩였다.

신성한 불꽃이라는 뜻을 지닌 코드.

'소피아가 피티아에게 받았다가 회수당한 불도 성화였는데⋯⋯.'

몇 번이고 살펴봤지만, 성지한도 확실하게 규명하지 못했던 백색의 불꽃 성화.

성지한은 설마설마하면서, 손이 알려 준 코드를 작성해 보았다.

그러자.

화르르르⋯⋯!

그의 손끝에서, 백염白炎이 피어올랐다.

"⋯⋯뭐야, 이거 진짜 성화잖아?"

그렇게 실마리를 잡아보려고 했을 땐 알아내지 못했는데.

뜻밖에도 적색의 손에 의해 알게 될 줄이야.

성지한은 손가락 위로 피어오르는 하얀 불꽃을 보면서, 허탈한 마음까지 들었다.

"그럼 연소를 통해 에너지를 얻는다는 게, 결국 버프 효과를 얻는다는 거냐?"

성화를 통해, 강화되었던 버프를 생각하며 성지한이 그리 말하자.

[버프? 그딴 게 무슨 효과임?]

오히려 적색의 손은 무슨 소리 하냐는 듯 반문했다.

[성화로 플레이어를 불태우셈. 그러면 에너지를 획득 가능.]

"……뭐?"

[참고로 생명의 기운에 성화를 지피면 불이 더 잘 타오름. 세계수에 성화 태우면 볼만할 듯.]

"세계수에 불을 지른다고?"
성지한은 그 말에 떠오르는 것이 있었다.
'무신이 동방삭과 아소카 때문에, 지구에 겁화를 태우고 떠나려 했지…….'
다른 곳으로 이주할 거면 그냥 떠나면 될걸.
굳이 불을 지르려 했던 게, 바로 성화로 에너지를 얻으려 그런 거였나.
'이거, 배틀넷 게임 안에서도 되나 한번 써 봐야겠군.'
성지한은 그리 생각하면서, 물끄러미 백색 불꽃을 바라보았다.
그러고 보면.
생명의 기운에 성화를 지피면 더 커진다고 했나.
'수련장에 온 김에 한번 해 봐야겠네.'
여기서라면 얼마든지 방화를 해도 상관없으니까.
성지한은 그리 판단하고는, 바로 성화에 생명의 기운을 불어넣었다.

그러자.

화르르르르……!

점차 강렬히 타오르던 불길은, 색이 서서히 붉어져 갔다.

[생명의 기운, 뭐 이리 많음…….]

적색의 손이 놀랄 정도로, 계속해서 공급되는 생명의 기운.

붉게 변한 성화는, 이제 더 나아가 사방에 소멸 코드를 하나둘씩 띄우기 시작했다.

'이거, 구궁팔괘도의 내진에서 페이크 코드를 작성했을 때 보였던 광경이랑 비슷하군…….'

이렇게 성화에서, 세상을 모조리 불태울 겁화가 탄생하는 건가?

성지한은 이 정도면 되었다 싶어서 생명의 기운을 더 이상 공급하지 않았지만.

"왜 저거 안 없어지냐?"

한 번 띄운 소멸 코드는, 사라지질 않았다.

[생명의 기운을 그리 퍼부으니, 저리 됐잖습…….]

"그래? 그럼 어떻게 되는데?"

[연소가 시작될 거임.]

화르르륵!

수련장 안에서, 퍼지기 시작하는 소멸 코드와 적색 불꽃.

성화에서 겁화로 변한 불의 힘은, 아무 모드도 켜지 않은 공허의 수련장에 번지기 시작했다.

어둠 속의 공간이 새하얀 불꽃에 잠기고.

"야, 이거 언제 꺼지냐······."

[모름. 너무 셈······.]

성지한과 손이 가만히 이를 지켜보고 있을 때.

스으으으······.

불타오르는 수련장의 한편에서.

"······이번엔 또 무슨 사고를 치셨습니까."

아레나의 주인이 튀어나왔다.

* * *

평양 부근, 어비스의 안쪽.

"네가 이 어비스의 주인인가."

동방삭은 전신에 붉은 눈이 박혀 있는 보랏빛 거인의 앞에 서 있었다.

적의 일족의 유령, 적귀가 조각조각 붙어서 거인의 형체를 이룬 어비스의 주인.

기억이 돌아온 그는 이제, 저자의 정체를 대략 짐작할 수 있었지만.

"……과거에 봉인했던 만귀. 그중에서도 붉은 귀신의 잔해가 뭉쳐 있구나."

그는 기억이 봉인되었을 때 추측했던 걸, 그대로 읊었다.

무신에게 거역할 때가 오기 전까지는, 철저하게 봉인된 상태를 연기해야 했으니까.

그리고.

꿈틀. 꿈틀.

보랏빛 거인의 몸에 박혀 있는 붉은 눈이.

일제히 동방삭을 바라보았다.

[동…… 방삭…… 네가 어떻게 여길……!]

"왜, 와서는 안 되는가?"

[그를, 아직 흡수하지 않았는데…… 벌써 종말인가.]

"그?"

[……어쨌든, 죽인다. 네놈…… 죽인다!]

스으으으…….

어비스의 주인에 박힌 눈이 일제히 돌아가더니.

모두가 각기 태극을 그리기 시작했다.

태극마검의 1단계를 따라 하는 그 흐름에.

"엉성하군."

동방삭은 수염을 쓰다듬으면서, 냉정히 평가를 내렸다.

"태극의 운용은 그렇게 하는 게 아니다."

슉!

동방삭이 일검을 뻗자, 금방 찢겨나가는 거인의 신체.

[크…… 으……!]

눈동자에서 태극을 그리던 움직임이 멈추자.

휙!

동방삭의 신형이 사라지더니, 어느덧 그의 머리에 가볍게 섰다.

"자, 보아라."

그리고, 그 머리 위에서 그는 가벼이 태극을 그렸다.

어비스의 주인이 만든 것에 비하면, 크기가 훨씬 작은 문양이었지만.

[이…… 건…….]

"이렇게 하는 것이 맞다."

그 태극은, 거인의 머리에서 사라지지 않은 채 계속 돌아가고 있었다.

[네놈…… 무슨, 생각이냐? 이걸 설치하다니…… 나에게 설마 태극을 가르치는 거냐?]

"그래. 주인의 명이다."

[주인이면…… 무신이, 이런 명을 내렸다고?]

"맞다. 그분께선 네가 성지한을 확실히 제거하길 원하신다."

동방삭은 그러면서 어비스의 주인을 스윽 살펴보았다.

확실히, 다른 어비스에서 파견되는 존재와는 달리 꽤 강한 존재.

하지만.

'이 정도는 이겨야, 성지한이 무신을 극복할 가능성이 생기겠지…….'

아소카의 말대로, 무신을 베려면 어비스의 주인 정도는 넘어서야 했다.

"그럼. 잘해 보아라."

슈욱!

그 말을 마지막으로, 사라지는 동방삭의 신형.

[…….]

어비스의 주인은, 말없이 머리 위에서 빙글빙글 도는 태극에 정신을 집중하고 있었다.

그러고 얼마나 시간이 지났을까.

스으으으…….

거인의 육체에 새겨진 눈동자가 다시 회전하고.

태극의 흐름이, 조금씩 동방삭의 것을 닮아 가기 시작했다.

그리고.

펑! 펑!

사방에서, 터져 나가는 거인의 육신.

[성지한을…… 제거하라고.]

거대한 머리가 땅에 떨어지고.

그 안에서, 수천 갈래로 조각난 육체를 이어붙인 성지

한이 모습을 드러냈다.

보랏빛 공허로 물든 그는.

계속 돌아가는 태극을 보며, 한쪽 입꼬리를 비틀었다.

"……내가 따를 거라 생각하나?"

*   *   *

불태오르는 공허의 수련장 내부.

스으으윽.

아레나의 주인은 주변을 바라보았다.

백색의 성화에서 어느덧 붉게 변한 불꽃이, 공허를 갉아먹고 있었다.

"관리자의 손을 얻더니, 바로 활용하셨군요. 수련장이 붕괴하고 있습니다."

"……나도 저게 저렇게 셀 줄은 몰랐다."

"방화범이 흔히들 하는 변명이로군요."

"불붙을 게 없는데 저리 타올랐잖아."

성화가 한 번 번진 이후로는, 생명의 기운은 공급하지 않은 지 오래.

그런데도 미친 듯이 활활 타오르는 홍염을 보면서, 성지한은 뭐 때문에 저리 타는지 의아해했다.

공허의 수련장 내부는, 맵 설정도 하지 않아서 어두컴컴한 무無의 상태.

뭐 불이 붙을 건덕지가 없었으니까.

하나, 아레나의 주인은 무슨 소리 하냐는 듯 대꾸했다.

"불붙일 게 없다니요. 공허가 있지 않습니까?"

"공허에?"

"예. 관리자의 불은 공허마저도 연소시키죠."

스스스…….

그러면서, 순식간에 커지는 아레나의 주인의 얼굴.

우주의 형상이 금방 이 공간을 메우더니.

한층 더 강렬한 공허가 이곳을 자욱하게 뒤덮기 시작했다.

"하지만 훨씬 더 많은 양의 공허를 투입하면, 이 불도 진화할 수 있습니다."

슈우우우…….

그 말대로, 무지막지하게 쏟아지는 공허에 서서히 사그라들기 시작하는 불길.

성지한은 아레나의 주인이 내보인 힘을 흥미로운 눈으로 바라보았다.

'공허에서 고위 서열이라더니, 그럴 법하네.'

평소엔 수련장 유지 보수 같은 일로 와 줘서, 딱히 그의 힘에 대해 체감이 잘되지 않았는데.

이렇게 강렬하게 쏟아 내는 공허를 보니, 그가 상위 서열임이 확실히 느껴졌다.

불은 그렇게 아레나의 주인 덕에 꺼졌지만.

"이제 여긴 못 쓰겠군요……."

다시 공허를 갈무리하여, 우주 얼굴로 돌아온 그는.

주변을 바라보며 씁쓸하게 말했다.

"제가 직접 힘을 들여 업그레이드한 수련실이, 이렇게 타 버리다니…… 참으로 아쉽습니다."

"불도 껐는데, 다시 쓸 수 있지 않나?"

"그렇지 않습니다. 수련장의 내부 시스템이 완전히 망가진 상태거든요. 고치느니 새로 만드는 게 나을 정도입니다."

그래?

성지한은 수련장을 둘러보았다.

불이 꺼진 이곳은, 예전이랑 똑같이 어두컴컴한 무의 공간일 뿐인데.

성화는 아무래도 자신도 보지 못하는 무언가를 망가뜨린 것 같았다.

그때.

[공허가 50 오릅니다.]

"50……."

공허 수치가 갑자기 폭등하더니.

[공허 한계치를 넘었습니다. 지금부터 플레이어의 육체가 공허에 잠식당할 수 있습니다.]

[신체가 공허에 잠식당합니다.]

슈우우우……!

성지한의 육체가 손끝부터, 보랏빛으로 물들기 시작했다.

"갑자기 무슨…… 공허에 귀의하실 생각이십니까?"

"아니, 별로 그러고 싶진 않은데."

성지한은 미간을 찌푸렸다.

뭐지?

갑자기 왜 이렇게 능력이 대폭 상승했어.

그때.

[?? 설마 성화로 공허 흡수함?]

눈에서 황급히 메시지가 흘러나왔다.

[아니 그걸 대체 어떻게…… 성화로 태웠다고 해도 공허를 무슨 수로 먹음?]

"몰라 나도. 갑자기 늘어난 거야."

[모를 리가 없음! 성화로 공허를 먹다니. 그건, 이론적으로 가능하지 실제론 불가능한 거나 다름없음! 전성기의 본체도 이렇게 빨리는 못 먹을 텐데…… 대체 어케 한거임??]

"아 시끄러워. 모른다고."

휙휙.

성지한은 손으로 문자를 흐트러뜨리곤, 미간을 찌푸렸다.

성화를 통해 에너지를 약탈한다는 사실은 알고 있었지만, 그게 공허까지 먹어 치울 줄은 몰랐다.

손끝부터 보라색으로 잠식되는 공허의 기운.

공허가 200을 갓 돌파한 것도 아니고, 50 증가로 순식간에 245가 되다 보니 공허에 귀속되는 건 시간문제로 보였다.

그래서 그런가.

"흠. 제 후임으로 당신이 오면, 나쁘지는 않겠군요. 다만, 지금처럼 사고를 안 치게 철저하게 교육을 해야겠습니다. 그때는 평소의 저와는 완전히 다른 존재를 보게 될 겁니다."

아레나의 주인은 이미 성지한이 공허의 존재가 될 거라 확신하고는, 스파르타 교육을 예고한 상태였다.

지금까지 예의를 갖춘 건, 공허 소속이 아니니까 그런 거고.

공허 소속되면 굴릴 거라 이거지.

"아레나의 주인. 그럼 여기는 폐기할 거지?"

"뭐, 그래야겠지요."

"그럼 내가 더 부숴도 되겠네?"

"……또, 또 뭘 하려고 그럽니까?"

"공허 어떻게든 없애 봐야지."

스스스……

성지한의 등 뒤에서, 태극이 떠오르고.

"공허 삭제 간다."

그는 그 안에다, 지닌 공허의 기운을 마구 쏟아부었다.

태극마검의 생성을 통해, 공허를 삭제하려는 성지한의 시도.

아레나의 주인은 그걸 보고는, 두 손을 들었다.

"……생각이 바뀌었습니다. 당신 교육은 제가 안 시킬 겁니다."

"왜?"

"말년에 신입 사고 뒤치다꺼리하긴 싫거든요."

그러면서 서서히 사라지는 아레나의 주인.

"그럼, 끝나면 로그아웃하십시오. 그 기능은 살아 있으니까요."

"알았어."

슈우우우우!

태극의 안에서, 공허가 폭발하기 시작하고.

[공허가 10 감소합니다.]

공허 수치가 10이나 떨어지며, 태극의 안에서 마검이 어느 정도 형태를 갖추었는데도.

'검의 태는 완성되었지만. 그게 뭐가 중요하냐. 공허 털어 버리는 게 중요하지.'

성지한은 아랑곳하지 않고 단검보다 조금 더 커진 마검에 공허를 미친 듯이 불어넣었다.

어디까지나 목표는, 공허 삭제.

그렇게 공허를 퍼붓고, 또 퍼붓자.

스으으으…….

'응?'

오히려 검의 형태는 잘 유지되면서, 안에서 성장해 나가고 있었다.

[공허가 10 감소합니다.]

그렇게 공허가 10씩 2번 감소해서, 225가 되었을 때.

[신체가 공허에 잠식당하지 않습니다.]

이제는 잠식이 멈추었다는 알림이 떠올랐다.

'……어떻게든 됐군.'

여기까지 왔는데, 공허에 귀속돼서 끝이 날 순 없지.

성지한은 안도하면서, 태극에서 마검을 꺼냈다.

그렇게 검의 형을 무시하고 공허를 퍼부어서 생성한 마검은.

'오히려 더 성장했네.'

얼마 전 단검 시절에 비해, 더 커져 있었다.

무의식중에, 태극마검이니까 검의 형상을 만들어 내야

한다는 관념이.

마검이 더욱 발전할 여지를 가로막고 있었던 건가.

'이러면 전화위복이군.'

성지한은 그리 생각하면서, 마검을 한차례 휘둘렀다.

그러자 단번에 찢겨나가는, 어둠의 공간.

이에 그치지 않고, 검흔이 남은 자리가 일그러지더니 세상이 그 안으로 빨려 들어가기 시작했다.

'……로그아웃하자.'

여기 더 있다간, 빠져나가기도 힘들겠어.

성지한은 그리 생각하고는, 재빨리 흑색의 보관함에 붉은 눈을 집어넣었다.

이번엔 상황의 심각성을 깨달았는지, 밖에 더 놔 달라고 하지는 않는 관리자의 손.

대신.

[흑색의 검을 공허에 물들지 않기 위해 사용한다니…… 생각이 바뀌었음. 넌 공허 소속 미끼가 아님.]

"그걸 이제 알았냐."

[……님. 솔직히 말하셈.]

"뭐? 지금 로그아웃할 거니, 할 말 있음 빨리 해라."

[님 본체 아님?]

"본체면 적색의 관리자…… 장난하냐."
자리 내려놓기 싫어서 도주한 적색의 관리자.
아무리 봐도, 지금 관리자와 가장 연관이 깊은 건 바로
무신이었다.
근데 갑자기 왜 자신한테 갔다 대고 있는 건가.

[나 감 잡음. 본체. 빨리 합체 ㄱㄱ]

"그런다고 팔 이식 안 한다."

[아…… 아직 준비가 안 됨? 이해함 이해함. 연기 굳.
기다리겠음. 나중에 합체하고 상시 관리자 ㄱㄱ]

말 들을 생각을 안 하네.
성지한은 이쯤 되니까 손이 왜 이렇게 나오는지 궁금해
졌다.
"왜 내가 본체라고 생각하냐?"

[성화 코드는 아무나 사용할 수 있는 게 아님. 특히 님
같이 약한 상태에서 그 정도 완성도를 보이는 건 불가능
함. 딱 하나. 코드 만들어 낸 본체를 제외하면…….]

수련장까지 불태워 버렸던 성화 코드.

확실히, 어비스의 주인이 직접 나서서 진화해야 할 정도로.

겁화로 진화한 성화 코드는 상당히 강력한 힘을 보였다.

거기에다, 불태운 잔해에서 능력을 흡수하는 특성까지 지녔으니까.

확실히 성화 코드는 다른 코드에 비해서도, 빼어난 효과를 보이고 있었다.

근데.

'피티아는 이런 성화를 어떻게 쓴 거지?'

피티아가 후원 성좌일 때 소피아에게 나눠 줬다가, 다시 회수해 갔던 성화.

물론 지금 성지한이 작성했던 성화 코드의 화력이랑은 비교도 할 수 없을 정도로 약하긴 했지만.

그 안에 담긴 기본 개념은, 지금 생각해 보니 비슷했다.

성지한은 그렇게 소피아가 피워 냈던 성화를 생각하다가.

'……아니. 애초에 난 어떻게 이리 쉽게 쓰는 거지.'

의문이 자신에게로 도달했다.

생각해 보면 코드를 막힘없이 읽는 것도 그렇고.

눈이 띄워 낸 특수한 문자를, 마치 모국어처럼 해석하는 것도 명백히 이상했다.

'딱히 출생의 비밀은 없지 않나, 나.'

근데 누나인 성지아도 신안을 지녀 공허의 마녀가 되긴 했어.

이거, 알고 보면 부모님이나 선조에 뭐 비범한 혈통이라도 있는 건가?

성지한은 잠깐 고민해 봤지만.

슈우우우욱!

마검이 새긴 검흔이, 이 세상을 더욱 우그러뜨리고 있었다.

지금 여기선 계속 있어 봤자, 답을 찾을 수 없는 상황.

"……일단, 간다."

[기다리겠음. 본체!]

스윽.

성지한은 끝까지 본체 타령하는 눈알을 봉인함에 넣고.

찝찝한 마음으로, 로그아웃했다.

* * *

자신의 방으로 돌아온 성지한은 조금 전 일로, 곰곰이 생각에 잠겨 있었다.

'마음 같아선 적색의 손을 꺼내서 자세히 캐내고 싶지만…….'

수련장 안도 아니고, 현실 세계에서 함부로 그 위험한 물건을 꺼내긴 그랬다.

조금 전이야 본체 본체 하면서 호의적으로 나왔다지만.

막상 이 세계 뛰어나오면 다르게 행동할지도 몰랐으니까.

'그러고 보면, 예전에 누나가 핏줄에 대한 이야기를 하긴 했지.'

서큐버스 퀸이 만귀봉신에 봉인되어 소멸하려 할 때.

성지아는 현신해서 성지한의 행동을 막으며 '혈통'과 관련된 이야기를 했다.

−선택받은 혈통이 뭐야?

−……지금 설명하긴 복잡하다. 간단히 말하자면, 공허를 담기 쉬운 존재야. 나처럼.

서큐버스 퀸이 처음 거론한 선택받은 혈통에 대해 묻자, 이렇게만 대답하며 자세한 정보는 주지 않았던 성지아.

그때는 언젠간 알려 주겠지 하면서 넘어갔지만.

'이젠 그렇게 여유 있는 상황이 아니니. 세아한테, 한번 누나한테 물어보라고 해야겠어.'

성지한은 그리 생각하면서, 방을 나섰다.

거실로 향하자, 때마침 요리 중인지 고소한 음식의 풍미가 느껴졌다.

평소라면 입맛을 다실 법한, 맛있는 냄새였지만.

'세계수의 과육을 먹어서 그런지 영 입맛이 당기질 않네.'

스탯 올린다고 인벤토리에 있던 세계수의 과육을 다 비워 버린 덕에.

입맛이 돌아오질 않고 있었다.

이거 계속 이러면, 세계수 과일만 먹고 살아야겠는데.

성지한이 그리 생각하면서 부엌 쪽으로 가니.

"어, 삼촌! 옥상정원 둘러보고 온다더니, 빨리 왔네?"

"……무슨 소리야?"

윤세아가 성지한을 보면서, 영문 모를 말을 했다.

"응? 아까 그랬잖아. 오랜만에 내 요리 먹고 싶다고. 그 래서 요리에 시간 좀 걸린다고 하니까 옥상 갔다 온다며."

"내가 언제?"

그때.

"맞아."

뚜벅. 뚜벅.

집 안쪽에서, 한 사람이 걸어왔다.

그리고 거기서 울려 퍼지는 목소리는.

"내가 부탁했지."

성지한의 것과, 일치했다.

"엥? 뭐야?"

이를 들은 윤세아는 놀란 표정으로 고개를 앞으로 내밀 더니.

집 안에서 걸어오는 사람을 보고는, 두 눈을 크게 떴다.

"사, 삼촌이…… 두 명?"

* * *

성지한의 두 눈이 깊게 가라앉았다.

자신과 똑같이 생긴, 눈앞의 존재.

공허의 힘이 미약하게 느껴지는 그가 누군지는, 금방 알아챌 수 있었다.

"태극의 망혼인가."

"그래. 이야기할 게 있어서 왔다."

성지한의 물음에 긍정한 태극의 망혼은, 익숙한 걸음걸이로 식탁에 앉았다.

"하나 그 전에, 밥부터 먹을까. 같이 식사하지."

식탁 의자를 향해 손을 뻗으면서, 앉으라는 제스처를 내보이는 태극의 망혼.

마치 하는 행동이 자기 집인 것 같았다.

"……우와, 도플갱어야 저거? 으, 어떻게 해 삼촌?"

"줘. 죽기 전에 한 끼는 허락해야지."

"아, 알았어……."

윤세아가 마지못해 요리를 식탁에 놓자.

"먼저 먹지."

태극의 망혼은 바로 젓가락을 들었다.

"……."

한 입 먹고는, 한참 입을 오물거리는 상대를 보면서.

성지한은 답답함을 느꼈다.

뭐 저리 천천히 먹고 있어.

"세아야. 내가 저렇게 먹었냐?"

"아니…… 삼촌 원래 후다닥 먹잖아."

눈앞의 둘이 그렇게 이야기하는 것도 무시하고, 천천히

맛을 음미하던 태극의 망혼은.

모든 반찬을 한 젓가락씩 먹고 나서야 그들을 바라보았다.

"안 먹나?"

"다, 당신. 삼촌 아니잖아! 근데 무슨 식사를 같이해?"

스윽.

윤세아의 말에 성지한을 바라보는 망혼.

"세아야, 같이 먹자."

"잉…….."

"이번이 저놈 마지막 끼니일 텐데, 잘 보내 줘야지."

"너는 굳이 안 앉아도 된다."

성지한의 말에, 젓가락으로 그를 가리키는 망혼.

"사, 삼촌도 안 먹으면 나 안 앉을 거야."

"그럼 앉아라."

하나 윤세아가 그리 말하자 다시 젓가락을 아래로 내렸다.

무한회귀 속, 태극마검에 갈려 온 자신이라 마지막 끼니는 챙겨 줄까 했더니…….

'가지가지 하는구만.'

그냥 망혼이고 뭐고 식탁 엎어 버릴까?

성지한은 그런 생각이 들었지만.

"다 먹으면, 누나를 부르도록 하지."

"누, 누나라면 설마 엄마…….."

"……좋아. 앉자."

원혼이 누나를 거론하자, 그는 일단 자리에 앉았다.

그러고는 시작된 어색한 식사자리.

두 성지한은 그냥저냥 요리를 먹어 나갔지만.

"으으…… 뭐야 이게……."

윤세아는 불안한 표정으로 둘을 번갈아 쳐다보기에만 바빠서, 식사를 제대로 하질 못했다.

그래서 그런가.

탁.

망혼이 젓가락을 내려놓자, 얼른 얼굴이 화색이 되어선.

"다, 다 먹었지…… 요? 가짜님?"

"응."

"그럼 치울게!"

휙. 휙.

잽싸게 식탁에서 요리를 치워 나갔다.

"……밝네."

그런 윤세아의 뒷모습을, 가만히 지켜보던 망혼은.

"외계로 이주해도, 씩씩하게 잘 살겠어."

"외계로…… 이주?"

"그래. 이번 세계의 나여. 나는, 아니."

스으으으.

성지한과 똑같이 생긴 망혼의 얼굴이, 일제히 갈라져 모자이크 상으로 변했다.

"우리는, 준비가 되었다. 이 세계를 탈출할 준비가."

"탈출이라."

"너도 보았듯이, 이 세계의 멸망은 필연적. 이 수많은 죽음의 사례가 그것을 증명한다."

태극의 망혼은 자신의 얼굴을 매만졌다.

얼굴부터, 목 아래 신체까지.

수천 개, 그 이상으로 갈라진 성지한의 파편.

이들은 하나하나가, 무한회귀 속 태극마검에 의해 죽어 나갔던 성지한이었다.

"그리고."

스윽.

망혼은 성지한의 뒤편으로 시선을 돌렸다.

거기엔, 자신을 놀란 눈으로 바라보고 있던 윤세아가 있었다.

"이 수많은 죽음 속에서, 윤세아는 단 한 번도 살아나지 못했다."

"……."

"대부분, 나보다 먼저 죽었지."

"무, 무슨 소리를 하는 거야. 저 가짜는?"

윤세아가 그의 말에 혼란스러워하자.

성지한은 화제를 돌렸다.

"넌 어떻게 나왔지? 분명 태극의 망혼 속에서, 육체를 장악하기 위해 힘을 기르고 있었을 텐데."

"그래. 분명 태극의 망혼을 장악하기엔 '성지한'의 힘이 부족했지. 하지만."

스으으으……

망혼의 앞에, 하나의 화면이 떠올랐다.

그 화면 속에선.

동방삭이 거인의 머리에, 태극을 그리고 있는 것이 재생되었다.

"이건……."

"동방삭이 너를 확실히 죽이라며, 나에게 태극을 부여했고…… 신체가 재구성되는 과정 속에서 나는 망혼의 주도권을 얻을 수 있었다."

"동방삭이……."

"이는 지금껏 단 한 번도 없던 일. 절대자, 무신은 너를 견제한다."

지이잉.

화면이 사라지고.

망혼은 착 가라앉은 얼굴로 말문을 이어 나갔다.

"하나, 내가 무신의 의도대로 따를 필요는 없지."

"……무슨 생각이지?"

"힘은 충분히 모였다. 나와 함께 이 세계를 탈출하자. 가족과 같이."

"탈출이라니……."

"이 건은 누나도 동의했다."

그 말이 끝나자.

슈우우우…….

망혼의 뒤에 보랏빛 포탈이 생성되었다.

그리고 그 안에서.

"……엄마?"

석화된 상태의 성지아가 모습을 드러냈다.

* * *

"누나, 저 말이 사실이야?"

[……맞아.]

성지한의 물음에, 석상 상태의 성지아는 고개를 끄덕였다.

[예전에, 이야기한 거 기억나니? 내가 너희를 구하겠다고.]

"피난처를 통해서, 유사인류종이 사는 행성으로 피난시킨다고 했지."

[맞아. 이 세계는 결국 멸망이 예정된 땅. 나는 내 딸과 동생이라도 살리고 싶었어. 하지만…… 쉽지 않았지.]

그러면서 성지아는 망혼을 바라보았다.

[어비스의 주인이 날 구속하고 있었으니까.]

"그때는 내가 이 몸을 완전히 장악하지 않았기에, 원활한 소통을 할 수가 없었다. 거기에 누나가 하려던 탈출 방식은 이미 실패한 방법이었지……."

스으으으…….

그러면서 나오는 화면.

거기선, 피난처에 끼겨 탄 성지한과 성지아가 재생되고 있었다.

하늘 위를 향해 치솟아 날던 소형 구체는.

지구를 빠져나가려는 듯싶더니, 대기권 탈출 직전에 허공에서 폭발해 버렸다.

폭발 직전, 그곳에 남아 있던 성지한이 본 건 바로 태극의 문양.

정말 지긋지긋할 정도로 태극마검은 그를 죽음으로 몰아가고 있었다.

"이렇게 죽은 것만, 벌써 7번. 탈출을 하려면, 새로운 방식으로 해야 했다."

"……그게 뭐지?"

"종을 바꿔서, 공허의 문을 열어 탈출하는 것."

그러면서 망혼은 입꼬리 한쪽을 비틀었다.

"태극이 닿지 않는 곳까지 먼 거리를 워프할 것이다."

"……."

"이미 탈출할 행성 후보군은 찾았다. 유사인류종이 사는 세계…… 거기엔, 인류와 매우 닮은 이들이 주류를 이루며 살고 있다."

[그곳은 배틀넷도 없고, 평화로운 세계야. 물론 이종족이나, 마왕? 같은 것도 있긴 하지만. 걔는 세아도 잡을 수 있을 정도로 약해.]

"뭐야. 그 이세계는……."

지구를 버리고, 새로운 세계로 탈출하자는 건가.

'……생각보다, 나쁘진 않네?'

성지한은 처음 들었을 땐 그리 생각했다.

망혼에게 동방삭이 태극을 부여한 걸 보면.

그의 기억이, 안 돌아온 거 같은데.

그럼 지금 태극의 망혼과 싸워 이겨도, 동방삭과 싸워 이겨야 했으며.

그다음엔 무신이 있었다.

그리고 무신 이놈은 시간을 되돌릴 수 있는 금륜적보의 힘까지 조종할 수 있었으니.

일이 제대로 진행되지 않아서 리셋이 되든지.

아니면 자신이 동방삭에게 패배하면, 모든 게 끝장이다.

'그리고 무신의 성정을 보면, 다음 회귀 때는 나부터 죽이고 시작하든지 아니면 엄청나게 견제를 하겠지.'

무신보다는 조심성 많은 뱀에 어울리는 상대.

이번엔 상황이 이렇게 돌아가서 어쩔 수 없더라도, 그가 다음 회귀부터는 성지한에게 지금만큼의 기회를 주지 않을 건 자명했다.

이렇게 자신이 강한 힘을 지니고 있는 것도, 이 세계가 마지막일 테니.

불확실한.

아니, 가능성이 솔직히 희박한 무신과의 승부를 준비하느니.

태극의 망혼이 제시하는 탈출 방법이 구미가 당길 수밖에 없었다.

한편.

"……그럼 인류는? 이 세계는? 우리가 탈출하면, 삼촌이 없어지면 인류가 배틀넷을 헤쳐 나갈 수 있어?"

윤세아는 심각한 얼굴로 그리 물어보았지만.

"인류보다 가족이 중요하다."

"그건 그렇지."

두 성지한은 이구동성으로 말했다.

"아니……! 삼촌까지 그러면 어떻게 해?"

"난 너의 죽음을 수천 번, 그 이상 보아 왔다…… 한 번이라도 살리고 싶군."

"그의 방법이 나쁘지는 않아 보여서. 그러니 누나도 동의했겠지."

"좋은 대답이군…… 그럼 너도 함께하겠는가? 우리가 같이한다면, 일주일 내에 바로 탈출할 수 있다."

성지한을 향해, 손을 내미는 망혼.

인류보다, 가족을 살리자는 그의 제안은.

확실히 매력적이었다.

남아 있는 적이 얼마나 강대한지, 잘 아는 성지한 입장에선 더더욱.

'그래. 받자.'

희박한 가능성에 도전하기보다는, 가족을 살리자.

성지한은 그리 생각하면서, 자신도 손을 마주 뻗으려 했지만.

"……."

뚝.

그 움직임이, 중간에 멈추었다.

"고민하나."

[지한아…….]

"우리는 그저 한 명의 개인. 네가 이 세계의 안위를 걱정할 필요는 없다. 이건 네가 막을 수 없는 멸망이다. 그렇다면…… 가족이라도 살려야 하지 않을까?"

태극의 망혼은 손을 멈춘 성지한을 설득했다.

그와 같이한다면, 탈출은 훨씬 쉬워지니까.

멸망이 예정된 세계를 등지고, 인류와 비슷한 이들이 살고 있는 이세계에서 새로이 시작한다.

양심의 가책은 생길 수 있겠지.

멸망을 막을 수 있는 유일한 가능성을 지닌 사람도, 성지한이었으니까.

하지만.

'이미 수도 없이 실패하지 않았나.'

실패의 증거가, 바로 눈앞의 존재 '망혼'이고.

지금의 성지한은 무한회귀까지 파헤쳤지만.

오히려 그래서, 무신과의 차이가 현격하다는 결론만 알아버렸다.

지금이, 어찌 보면 탈출에 있어선 최적의 기회.

태극의 망혼도 협조적으로 나서는 이상, 이 기회를 놓쳐서는 안 되었다.

하지만.

"감이 안 좋아."

"가, 감······."

심각한 분위기 가운데서.

성지한이 '감' 이야기를 하자, 윤세아가 어처구니없다는 듯 반문했다.

아니, 지금까지 실컷 저 모자이크 성지한의 이야기에 동의해 놓더니.

갑자기 왜 감 타령이야?

"······날 의심하는 건가?"

"아니, 넌 믿어도 될 것 같은데."

감 이야기에 불쾌한 듯 미간을 찌푸리는 망혼에게, 성지한은 고개를 가로저었다.

그가 진정으로, 이런 제안을 하는 건 알겠다.

이 제안.

받아야 한다는 것도, 이성적으로는 당연하다고 생각했다.

하지만.

"나까지 가면, 안 된다······ 이런 생각이 드는군."

"무, 무슨 소리야. 삼촌! 갈 거면 같이 가야지!"

성지한의 말에 윤세아는 발끈했지만.

"······."

태극의 망혼은, 입을 다문 채 그를 응시하기만 했다.

"난 이미 주목을 너무 많이 샀다."

[그건······.]

"적색의 관리자의 손도 지니고 있고. 배틀튜브에는 빛

의 눈도 설치되어 있지. 탈출 후, 잠적하는 게 과연 가능할까?"

"그거 그냥 그때 후원 많이 한 태양왕이나 드래곤 로드한테 줘 버리면 되잖아! 빛의 눈도 배틀튜브 안 틀면 그만이고."

"아니."

윤세아의 반문에, 성지한은 오히려 생각이 정리되었다는 듯.

개운한 표정으로 말했다.

"그렇게 원하는 대로 되지는 않아. 이미 관리자의 권능이 여럿 엮여서, 이 수라장에서 나 혼자 발을 빼는 건 불가능해."

"그래서 어쩌려고…… 설마."

"나는 남겠다. 네가 책임지고 피신시켜 줘."

"……너."

"내가 무신까지 다 없애 놓고, 다시 부를 테니까."

성지한은 피식 웃음을 지었다.

"이세계로, 잠시 여행 갔다 와."

(2레벨로 회귀한 무신 19권에서 계속)

[우리 아카데미 정상 영업합니다]

아카데미가
망했다
ROHRAN 로라니 장편소설

풍운의 꿈을 안고 상경한 아몬 드레이크
유서 깊은 아모니스 아카데미의 교사로 부임한 첫날
충격적인 소식을 접하고 마는데

"소식 못 들었소? 이 아카데미, 파산 직전이오."

게다가 아카데미에 남은 사람이라고는
도박에 빠진 학장과 주정뱅이 교사들뿐
아몬은 생각했다

"아카데미가 망하면 계약도 무효가 되지 않을까?"

탈출은 지능순이라 했다
인생을 갈아 넣기 싫다면 아카데미를 망하게 해라
세상 현명한 남자의 아카데미 탈출기가 시작된다!

[그 무엇보다 실전적인 무공을 보여 주마]

20전 무패의 챔피언, 황태성
예기치 않은 사고를 당하고
무림에서 눈을 뜨게 되는데

"내공만 있으면 곰조차 때려잡겠는데?"

현대 격투기와 무공의 차이를 깨닫고
하루하루 무공을 연마하던 도중
천마에게 유일한 친우를 잃고 복수행을 결의한다

"천마 놈, 반드시 후회하게 만들어 주마."

복수에 필요한 것은 격투기와 무공의 합일
마교를 멸하기 위한 투신(鬪神)의 전쟁이 시작된다!

영웅객사 신무협 장편소설

鬪神奇俠

투신기협